COLLECTION FOLIO

Rabah Belamri

Regard blessé

Gallimard

© *Éditions Gallimard, 1987*

Rabah Belamri, né en 1946 à Bougaâ (Algérie), installé à Paris depuis 1972, mourait le 28 septembre 1995, à la suite d'une intervention chirurgicale. Auteur de romans, récits, poèmes, contes..., il a obtenu en 1987, avec *Regard blessé,* le prix France Culture.

Youssef — père d'Hassan
Grandmère — inderiè.
Malek — frère d'Hassan
Fatim-Zohra — mère
Lahcen — frère
Zineb — tante (sœur de Fatim-Zohra)
Gamra — cousine
Jahnoud — son ami, harki → fellaga
Tayeb → harki
Ferhat

À Yvonne

« nous objectons plus loin
un feu de transparence »

JEAN SÉNAC
Le Prisonnier limpide

I

Taxi
Bus — maquisards ; explosion
Taxi — Hassan en route
　　　à l'hôpital
Histoire de non-guérisons
　　du charlatans
　　　　　　　son frère ?
Mentre (par Hassan) du
　　secrétaire de la
　　mairie
Hassan + Gamra
　　première expérience
　　sexuelle.

des récits oraux

12 mars 1962.

Dominée par des crêtes encore enneigées, une route humide, mordue par l'hiver. Le taxi avance au ralenti. Le chauffeur, à qui sept années de guerre ont appris comme à tout Algérien la prudence, maintient entre son véhicule et le half-track qui ferme le convoi une distance qu'il veut croire salutaire. Les passagers, que les virages déportent légèrement, gardent le silence. Dans un moment, feignant d'oublier la présence du convoi et la mitrailleuse du half-track, doigt rutilant de la mort pointé avec obstination sur le taxi, ils se mettront à parler. Ils parleront de tout, sauf de la guerre et de leur angoisse. Sur la banquette arrière, entre son frère en tenue de permissionnaire et un homme corpulent fleurant le musc, Hassan se recroqueville sur lui-même.

C'était sur cette même route au printemps, tout au début de la guerre. Hassan portait ce jour-là la chemise verte que son père lui avait achetée la veille. Sur ses cheveux, il avait mis un peu de brillantine volée à son frère aîné Aziz attendait devant le car gris-bleu, la mine renfrognée. Il en voulait à Hassan de partir sans lui à Sétif, d'avoir à admirer tout seul les maisons à étages, les rues, les voitures, les magasins si nombreux, la fontaine aux quatre canons surmontée d'une femme de pierre qu'on disait nue. Aziz ne desserra pas les dents et, quand le car démarra, il leva le poing, tremblant de dépit, vers son cousin qui lui souriait derrière la vitre. Le soleil du matin, chaud et étincelant, frappait l'enfant en plein visage. Il ouvrait de grands yeux comme pour contenir l'immensité de la terre qui courait à ses côtés. Il était heureux, paisible, quand tout à coup, au sortir d'un virage étroit où la route monte légèrement, entre un ravin et une pente couverte de maquis, le car s'immobilisa. Silence et stupeur : sur la route, un groupe d'hommes armés de fusils de chasse. L'un d'eux au regard masqué par des lunettes noires s'approcha du conducteur. Quelques mots, un geste impératif du bras. Les passagers descendirent, obéissants, inquiets. Deux hommes vinrent ensuite les dévisager, l'un après l'autre. Le plus jeune portait à la taille, en plus d'une cartouchière, un long poignard que Hassan remarqua.

Hassan avait déjà entendu parler de ces hommes armés qui se cachaient le jour et sortaient la nuit pour égorger ceux qui ne les aimaient pas ou refusaient de les nourrir. Il se souvenait du soir où le caïd et le garde champêtre avaient appelé son père et tous les voisins possédant une arme pour leur dire de monter la garde pendant la nuit, des fellagas ayant été signalés dans la montagne. L'enfant entendait pour la première fois le mot mystérieux qui impressionne et fait peur : les fellagas, un peu comme les djinns, complices de la nuit, des chemins de montagne, des hautes herbes, des ravins profonds, des étoiles. Quelques jours plus tard, il l'entendait de nouveau. Son père et les voisins, résignés, douloureux, venaient de porter leurs fusils et leurs cartouches aux gendarmes. « Mma, pourquoi ils donnent les fusils ? — Pour que les fellagas ne les prennent pas. — Alors, ils ne vont plus chasser les perdrix ? »

Le chauffeur remonta dans le car, accompagné de deux hommes. Sous leurs ordres, il mit le moteur en marche, manœuvra, avança, recula, amena enfin son véhicule au bord du précipice. On dit aux voyageurs de pousser. Le car vide glissa doucement et bascula dans le ravin sous le regard de Hassan, interdit. Un grand fracas au fond du précipice, dans la poitrine de l'enfant qui se mit à pleurer sans bruit.

Du maquis surgit un géant au crâne rasé, une énorme outre luisante posée sur l'épaule. Il dévala la pente avec agilité, répandit le contenu de l'outre sur le car, couché sur le flanc, vitres éclatées ; il enflamma un chiffon. Les voyageurs furent éloignés. Un homme aux moustaches rousses vint leur parler. C'était le chef. Il s'approcha de l'enfant au visage mouillé, lui caressa les cheveux.

— Tu pleures parce que tu ne peux pas aller à Sétif ? Quand tu seras grand, toute la terre sera à toi, tu iras là où tu voudras.

Hassan le regardait sans comprendre. Son chagrin était immense.

Les hommes en armes disparurent sans laisser de trace. Échappés d'un péril encore proche, les voyageurs marchaient vite sur la route en direction du village. Quelques-uns se mirent à courir et d'autres se perdirent dans les champs sur des chemins de traverse improvisés. Seul le chauffeur semblait avancer avec peine, le regard vague. Hassan, agrippé à la manche de son père, pensait toujours à la grande ville. Une explosion secoua la campagne, forçant à courir ceux qui, jusque-là, étaient demeurés calmes.

Le chauffeur du taxi baisse la vitre, roule un crachat dans sa gorge, avance la tête pour l'envoyer sur la route, se ravise et l'avale avec effort. Le convoi militaire est toujours devant lui, prudence ! Le soldat qui le regarde du half-track pourrait se sentir visé par ce crachat.

— À quelle heure prenez-vous la machine ?

— Midi et demi.

— Parfait, parfait. Nous avons tout le temps, rien ne nous presse.

— C'est vrai. Pourquoi nous presser ? L'heure ne nous appartient pas. Nous sommes entre les mains de Dieu.

— Au juste, c'est quoi la maladie de ton frère ?

C'est le voisin de Hassan, l'homme parfumé au musc, qui a posé la question. Hassan se sent rougir : indignation, souffrance, désespoir. Il ne se fait pas à cette manie qu'ont les gens de s'enquérir de sa maladie, l'interrogeant sans discrétion par parents interposés. Et rien ne peut le peiner et le décourager autant que les apitoiements succédant aux questions qu'il sait pourtant procéder de sentiments sincères. Toute parole de pitié l'enfonce un peu plus au cœur de la nuit.

— Le médecin a dit : « Une petite membrane s'est décollée dans l'œil. »

— Il ne voit pas du tout ?

— Rien, juste encore un petit filet de lumière.

— Quel est son âge ?

— Quinze ans.

— Quel dommage ! Fauché en pleine jeunesse ! Un épi qui lève et que le sort brise.

— Il est bien jeune, le pauvre !

— C'est vrai.

— Ça ne doit pas être facile de vivre toujours dans la nuit !

— Puisse Dieu lui rendre la lumière du jour !

— Alors, tu l'emmènes à Alger ?

— Oui, au grand hôpital.

— Oui, on dit qu'il y a de bons médecins à l'hôpital Mustapha. On a beau dire, les Français peuvent. Une opération et puis voilà. D'ailleurs on ne sent rien. On vous fait une piqûre et on vous ouvre le corps. À la fin, on coud avec du fil et une aiguille.

— Du fil et une aiguille ?

— Oui, du fil et une aiguille.

— Dieu est grand. Que de miracles et de merveilles n'a-t-il pas permis à sa créature !

— Moi, mes frères, je ne comprends pas. Plus je regarde le gosse et plus je me dis : comment ça se fait qu'il ne voit pas ? Regardez, ses yeux sont aussi clairs que les miens. Ce n'est pas possible.

Tous les passagers du taxi prenaient part à la discussion, mais personne ne s'adressait directement à Hassan, comme s'il avait perdu en même temps que la vue la raison et l'usage de la parole.

La guérison est-elle encore possible ? Voilà près de deux mois que le spécialiste en O.R.L. qui remplissait la fonction d'oculiste à Sétif lui avait rédigé une ordonnance pour l'hôpital d'Alger, bien équipé pour traiter le décollement de la rétine. Deux mois passés à la maison, sans surveillance médicale, sans soins, les yeux livrés aux seules manipulations de l'ignorance. L'ignorance, même nourrie de bonnes intentions, ne peut être que ravageuse. Hassan n'en était pas dupe. Il n'acceptait les médecines traditionnelles que pour ne pas entendre sa mère lui répéter d'une voix chargée plus de douleur que de reproche : « Désires-tu donc rester dans le coin, tâtonnant les murs ? » Il avait même consenti à suivre sa mère par un sentier muletier pour aller consulter un devin vivant dans la montagne. Le cheikh, presque totalement aveugle lui aussi, l'avait longuement palpé après le dîner en marmonnant des bénédictions à la satisfaction de Fatim-Zohra. En vérité, le saint homme voulait seulement jauger de près la taille de son hôte, s'informer par le toucher de sa puberté, de ses pensées, avant de l'autoriser à dormir sur la même natte et sous les mêmes couvertures que sa propre famille, une dizaine d'enfants des deux sexes et de tous les âges.

Fatim-Zohra eut confirmation de ses pressentiments. Oui, les djinns, ce sont bien eux qui ont frappé son fils aux yeux. Le devin les voyait en action dans son miroir intérieur. Ils appartenaient à l'espèce aquatique, la plus redoutable, de toute évidence. Ils avaient surpris Hassan dans l'eau. La mère pensait à la rivière où, l'été, Hassan se précipitait à midi, sourd à ses appels. Elle pensait aux pluies chaudes, quand son fils, toujours sourd à ses supplications, jetait sa chemise et se mettait à courir dans l'averse, mugissant. Elle pensait à ce jeu étrange auquel Hassan aimait s'adonner et qui lui faisait si peur. Chaque fois qu'il arrivait à proximité de la maison de ses parents, il fermait les yeux et poursuivait son chemin à tâtons, traînant les pieds pour reconnaître le terrain, frôlant des mains les haies des jardins et les façades des maisons. Sa mère le grondait, le conjurait de ne plus jouer à l'aveugle : « À force d'appeler le malheur, il finira par arriver. » Hassan se moquait de ses appréhensions et, pour l'effrayer davantage, se couchait de tout son long sur le ciment bleu de la pièce en déboutonnant sa chemise.

Le matin, avant de libérer ses visiteurs, le cheikh prit son roseau taillé et rédigea à l'aveuglette un talisman que Hassan devrait porter au bout d'une ficelle autour du cou. De son côté, son fils s'évertua à trouver un remède approprié aux maladies des yeux dans un vieux livre de médecine traditionnelle écrit en arabe, dont le prestige tenait à ce qu'il provenait des siècles les plus reculés. Pour tout graver dans son esprit, Fatim-Zohra fit répéter le fils du devin. Préparation du malade : coupe des cheveux à ras. Composition du médicament : poudre de feuilles de tabac et de laurier-rose desséchées. Mode d'emploi : inhalation plusieurs fois par jour, et chaque matin, inondation de la tête du malade avec un seau d'eau froide. Description du processus de guérison : les douches glaciales chasseront du centre du crâne les humeurs qui sont à l'origine de la maladie. Drainées vers les narines, ces humeurs seront évacuées grâce aux éternuements résultant des inhalations.

— La guérison est assurée, c'est écrit dans le livre, conclut le fils du cheikh en replaçant avec délicatesse l'ouvrage dans une pochette en cuir.

Fatim-Zohra lui baisa la tête, reconnaissante et submergée d'espoir : puisque le livre écrit en arabe le dit.

C'était au plus fort de l'hiver, un hiver d'une rigueur exceptionnelle, et cependant Hassan suivit ce traitement, sur l'efficacité duquel il ne se faisait point d'illusions, avec une docilité remarquable.

En raison de l'inclination de Fatim-Zohra pour les traitements regroupés — la guérison n'arrivera que plus vite —, la vue de Hassan, ou ce qu'il en restait, s'était rapidement dégradée. Un jour, Fatim-Zohra pila dans son mortier de cuivre une assiette en faïence. Elle œuvra avec patience jusqu'à ce qu'elle obtienne une poudre d'une extrême finesse. Le soir, elle versa plusieurs pincées de ce produit dans les yeux de son fils. Une femme du village, émue par la douleur de Fatim-Zohra, s'était dérangée jusqu'à la maison pour lui recommander ce remède qu'elle jurait avoir utilisé autrefois pour soigner ses propres yeux. Un autre jour, conseillée par une vieille rencontrée au dispensaire, elle mélangea dans une cuvette de l'huile, de l'alcool, du pétrole, du vinaigre, du crésyl, de la résine, du tan, des oignons, de l'ail, du piment de Cayenne, du sel, des clous de girofle, du gingembre, de la noix de muscade, du thym, du henné, de la poudre à canon et bien d'autres herbes et ingrédients étranges ; elle prépara un onguent qu'elle ajusta sur le crâne dénudé de Hassan. Hassan s'endormit coiffé de son casque fabuleux, et au matin, il était pratiquement aveugle. Il accusa avec véhémence sa mère qui se mit à pleurer.

Fatim-Zohra ne se sentait coupable d'aucun crime à l'égard de son fils : bien des individus, qu'elle connaît ou dont on lui a parlé, ont essayé ces traitements avant Hassan et obtenu satisfaction. Si le mal de son fils résiste tant à la médecine, n'est-ce pas la preuve qu'il relève de l'intervention des seuls esprits ? Fatim-Zohra en était convaincue. Aussi continuait-elle à rendre visite aux marabouts et devins. La devineresse, celle qui élevait une couleuvre qu'elle réchauffait entre ses seins et nourrissait à la petite cuiller devant ses consultantes, mortes de frayeur, révéla à Fatim-Zohra que son fils retrouverait la vue lorsqu'il aurait atteint le milieu de sa vie : vingt ans s'il devait en vivre quarante, trente ans s'il devait en vivre soixante, cinquante ans s'il devait vivre un siècle, etc. Elle précisa aussi que Hassan avait été victime du mauvais œil. Fatim-Zohra s'en doutait. Zineb, sa belle-sœur, sans enfant et sans époux, d'une susceptibilité maladive, ne lui avait-elle pas laissé entendre qu'elle était pour quelque chose dans son malheur ? Car, passant près d'elle, un jour, Hassan avait fait semblant de ne pas la voir, et il ne l'avait pas embrassée. Elle avait pleuré. Les parents firent venir Zineb à la maison, lui servirent un bon repas et la couvrirent de baisers, implorant son indulgence et son pardon. Zineb s'en défendit : elle n'y était pour rien, et si du reste il avait été en son pouvoir de guérir le petit, elle l'aurait fait depuis longtemps.

Hassan était conscient du danger qu'il courait en demeurant à la maison. Mais comment faire pour se rendre à Alger ? Alger était loin, et son père ne pouvait l'y emmener, lui qui n'était jamais sorti du département. Et puis les nouvelles d'Alger n'étaient pas bonnes : les bombes explosaient par dizaines. Hassan devait donc attendre son frère, militaire à Alger depuis peu. À la fin de sa permission, il le prendrait avec lui.

Demeurer inactif était un supplice pour Hassan, lui qui ne rentrait naguère qu'à la tombée de la nuit, contraint par le couvre-feu et les menaces paternelles. Ses camarades ne lui rendaient visite que rarement. Les jours se succédaient, monotones, interminables. Hassan sombrait dans une torpeur moite. Il ne quittait plus son lit. Ramadan fut pour lui une occasion de renoncer à la nourriture. Ce n'était qu'au prix d'un effort surhumain accompagné de nausées qu'il avalait la moitié d'une poire ou d'une orange. Tout se passait comme s'il ne désirait plus vivre. En fait, ses sens secrets et son imagination étaient en ébullition. Il captait les rumeurs du jour et de la nuit avec une acuité peu commune.

Cet hiver-là, la neige tomba en abondance au point que les villageois craignirent pour leurs maisons. Les plus robustes grimpaient sur les toits, qu'ils dégageaient avec des pelles en soufflant bruyamment. Les règles de bon voisinage étaient bafouées avec cynisme : on ne se gênait pas pour envoyer des pelletées de neige dans la cour ou devant la porte du voisin, pourvu qu'on en délestât sa propre toiture.

— Je t'interdis de jeter un flocon de plus dans ma cour.

— Je te dis merde ! Je jetterai tant qu'il me plaira.

— Tu veux donc nous ensevelir ? Impie !

— Tant pis pour vous !

— Dieu te punira. Les temps ne tarderont pas à tourner. Tu auras ta récompense.

Fatim-Zohra était furieuse. De tout le quartier, on entendait ses cris et imprécations. Son mari, qui venait de rentrer, ne dit rien. Il prit une pelle et commença à enlever la neige que son voisin, indifférent, continuait à déverser de là-haut. À la fin, il était si épuisé qu'il ne put monter sur le toit de sa propre maison.

— Mais la maison va s'écrouler sur nos têtes !

— Si telle est notre destinée, qu'elle s'écroule, femme !

Un voisin, qui se trouvait sur son toit, rassura Fatim-Zohra, proposant ses services.

— Que ta lumière flamboie davantage, mon fils ! La terre n'est pas peuplée que de mécréants.

Dans son lit, Hassan souffrait de ne pouvoir être d'aucune aide pour ses parents. Il aurait aimé punir le voisin pour son insolence. Il échafauda néanmoins un plan de vengeance, terrible, sanguinaire. Ce soir-là, Fatim-Zohra parla encore des temps qui ne vont pas tarder à tourner. La guerre ne pouvait durer plus de sept ans : des présages nombreux, entrevus par les gens de bien dans leur sommeil, le laissaient espérer. Hassan lui aussi était au courant du comportement du voisin le jour de la grande manifestation. Pendant que la foule, hommes, femmes et enfants, soulevée d'enthousiasme, parcourait les rues en levant très haut, pour la première fois, le drapeau algérien et en agitant des foulards verts, il avait accroché à ses fenêtres, au vu de tous, deux larges drapeaux français.

Il fait nuit sur le village. L'air est vif, le ciel étincelant. Trois hommes dissimulés sous de grosses kachabias de laine brune s'approchent des maisons. L'un d'entre eux ressemble de façon étonnante à Hassan. Ils s'accroupissent derrière la haie d'un jardin, l'oreille dressée vers le chemin venant de la route. Bientôt, un bruit de pas sur les cailloux, des pas mal assurés. Deux silhouettes apparaissent, l'une soutenant l'autre.

— Bon Dieu de bon Dieu, que de pierres sur cette terre !

La voix est celle d'un homme ivre.

— Tais-toi ! Les gens vont t'entendre. Tu n'avais qu'à ne pas te soûler.

— Salaud ! C'est toi qui m'as fait boire.

— Tais-toi et avance, sinon je t'abandonne, ici. Tu te débrouilleras pour arriver chez toi.

— Bon, bon.

Les trois maquisards surgissent sur le chemin. Deux essayent de ceinturer l'homme ivre. Mais celui-ci, s'apercevant tout à coup du traquenard où il est tombé, se met à se débattre avec force, à mordre bras et épaules de ses assaillants avec des râles rageurs. L'homme qui l'a accompagné se jette sur lui par-derrière, lui enserrant le cou de ses deux mains. Le traître hoquette, vacille, s'écroule sur le flanc, à moitié assommé. On l'étale sur le dos, et le plus jeune des maquisards, celui qui a les traits de Hassan, lui plante dans la poitrine sept fois son poignard. Les quatre hommes se retirent rapidement : le militant rejoint sa maison toute proche, les maquisards se perdent dans la nuit.

C'est ainsi, disait-on à voix basse, que le secrétaire arabe de la mairie avait trouvé la mort, un soir d'hiver. Les maquisards lui avaient enjoint de se retirer de la liste électorale conduite par le colon.

— Ce ne sont pas ces fils de mendiants et de bergers qui me feront changer d'avis.

Après avoir attendu toute la nuit, sa femme était sortie à l'aube. Elle voulait aller au bout du petit chemin de cailloux pour scruter la route. Elle trébucha sur le corps et reconnut tout de suite son mari. Le croyant endormi parce qu'il avait, une fois de plus, trop bu avec ses amis, elle essaya de le réveiller. Elle l'appela, le secoua, le palpa et ses doigts glissèrent sur la poitrine creusée par la lame, gluante.

Le village avait été réveillé par les pleurs de la femme. Hassan eut du mal à avaler son petit déjeuner. Sur le chemin de l'école coranique, il rencontra Abla, la fille des voisins. Ils s'arrêtèrent sous un arbre pour écouter les lamentations : « Mes enfants, mes enfants, vous êtes devenus des orphelins ! » Ils se rendirent à la mosquée, silencieux.

Gamra était belle. Son parfum, la douceur de sa voix, le contact de ses lèvres chaudes, un peu humides, excitèrent les sens de son cousin. Le sexe enfla. La main le serra sous la couverture. Hassan avait de tout temps désiré sa cousine. Enfant, il cherchait son voisinage, quand elle passait la nuit chez eux, se blottissait contre sa poitrine, le souffle court, le cœur battant d'émotion. Elle lui prenait la main, l'introduisait entre ses cuisses brûlantes.

Hassan n'avait pas revu sa cousine depuis de nombreuses années, les deux familles ayant cessé de se fréquenter pour des raisons jamais énoncées. Le mariage de Gamra avec un harki renforça la distance. Le harki disparu, la maladie de Hassan fut pour les deux familles un prétexte pour se retrouver et resserrer les liens. Assise devant la cheminée, elle a parlé tout l'après-midi. Elle éclatait parfois en larmes. Fatim-Zohra la consolait en lui rappelant que tout malheur, toute peine a une fin.

— Il me battait, ma tante. Il me posait la bouche de son fusil sur le cœur en blasphémant. « Crie : "Vive de Gaulle" et "Mort aux fellagas et aux Arabes", ou je te descends. » Je pleurais, mes yeux étaient comme une fontaine. Je maudissais dans mon cœur ceux qui avaient manigancé mon mariage... « Écoute, crapule, si tu n'es pas enceinte dans trois mois, je t'enverrai trois balles dans le ventre. — C'est Dieu qui décide, je n'y suis pour rien. Si tu veux prendre une autre femme, fais-le. Je t'accorde mille pardons. — Non ! Je veux que ce soit toi qui me donnes un enfant, et pas n'importe quoi : un garçon ! Si tu accouches d'une fille, je vous égorgerai toutes les deux. Je le jure sur le sein de ma mère et la tête du général de Gaulle... » Je pleurais, mes yeux étaient comme une fontaine. Je priais Dieu de lui envoyer une balle entre les deux yeux. Le jour où on l'a ramené sur une civière, le front troué, je n'ai pas versé une seule larme. Mais aujourd'hui qui voudra de moi ? Qui voudra d'une veuve de harki ? Je suis marquée pour la vie, ma jeunesse gaspillée. Et tout le monde dit que la guerre va bientôt cesser...

Afin que Hassan et Gamra ne fussent pas côte à côte sous les couvertures de laine qui recouvraient la natte commune, Fatim-Zohra plaça entre eux le petit Malek, son dernier-né. Hassan avait du mal à dominer son désir. Ses tempes battaient fort. Ses genoux tremblaient. Dès que le quinquet fut éteint par le père, couché à l'extrémité de la natte, la main avança doucement. Malek dormait à poings fermés. Les doigts touchèrent la robe, l'effleurèrent, essayant de reconnaître les formes. Ils évoluaient à la manière d'une fourmi. Les lourdes couvertures ne bougeaient pas. La cousine dormait, ou peut-être faisait-elle seulement semblant de dormir. Hassan percevait sa respiration, calme, régulière. Gamra était couchée en chien de fusil, le visage tourné de l'autre côté. La main, presque immatérielle, se glissa sous la robe. Hassan ne contrôlait plus sa respiration. La maison se mit à résonner des battements fous de son cœur. Gamra demeurait immobile, maintenant en apparence une respiration tranquille. Les doigts caressèrent les fesses, les cuisses, les forçant à peine à leur livrer passage. Hassan avait mal au sexe. Son corps chavirait. Des poils soyeux, des chairs brûlantes et humides qui semblaient s'ouvrir d'elles-mêmes. Le majeur hésita, s'introduisit dans le pertuis. Le corps de Gamra se tendit. Une main saisit la main de Hassan, la serra avec violence. Gamra se retourna. Sa main chercha, attrapa le membre turgescent, caressa, serra. Une gerbe d'étoiles s'irradia dans la nuit, fabuleuse. Le ciel se colora de vert, se fendit en son mitan. Trois houris, nues, flamboyantes, firent leur apparition. Elles dansèrent sur le désir de Hassan jusqu'à l'aurore. À midi, Gamra s'en alla après avoir déposé sa tendresse sur le front de son cousin.

Réunion de fellagas

Janvier 1962.

Le chef, enveloppé dans un burnous marron, est assis sur une vieille caisse. Il réfléchit. Ses quatre compagnons, à croupetons en face de lui, se chauffent les mains au-dessus d'un brasero. Le chef prend la parole.

— Il faut bouger un peu. Le colonel à la longue pipe va finir par nous croire définitivement anéantis.

— Mais qui ?

— Ce ne sont pas les cibles qui manquent.

— Oui, c'est vrai. Nous n'avons qu'à taper dans le tas les goumiers, les traîtres, ceux qui refusent de régler leurs cotisations, les Français...

— L'idéal serait de descendre Thibaud, ce salaud. Qu'est-ce qu'il ne m'a pas foutu comme électricité !

— Thibaud !... Ce n'est pas facile. Moi, je l'ai bien observé quand il marchait dans le village avec son revolver à la crosse nue plaquée sur sa cuisse. Et ses yeux qui allaient de gauche à droite.

— De toute manière, c'est dans les Français qu'il faudra taper. Il faut leur faire peur au maximum. Le moineau, c'est toi qui feras le coup. Tu n'es pas suspect ; tu peux circuler sans problèmes dans le village.

— Mais, alors, qui ?

— Tu aviseras sur place. À toi de voir.

L'horloge de l'église sonne dix heures quand le moineau passe devant la caserne des harkis. Il fait froid. La rue principale est déserte et silencieuse entre les frênes dégarnis. Les commerçants sont à l'intérieur de leur boutique, les badauds au chaud dans les cafés aux portes closes. Le moineau avance sans hâte, les mains enfoncées dans les poches d'un vieux manteau gris. Il ne sait pas encore sur qui il va tirer. Sa résolution est néanmoins arrêtée : il ouvrira le feu sur le premier Français que le hasard mettra sur son chemin. Il parcourra, au besoin, toutes les rues du village. Il évitera cependant d'aller du côté de la gendarmerie ou de la caserne des dragons. « Nous avons déjà accompli beaucoup d'actions : le colon et le garde forestier, les grenades lancées dans les bistrots, les bombes à montre déposées devant les épiceries, les récoltes et véhicules incendiés... Mais le chef a dit : "Il faut leur faire peur au maximum." »

Un homme vêtu comme un Français monte la rue. Il est encore trop loin pour que le moineau distingue ses traits. Il ne va pas vite. Il semble grand, légèrement voûté. Le moineau ne tarde pas à reconnaître en lui un employé de l'hôpital, le plus âgé des frères Zitoun. Il parle l'arabe : un Juif. C'est quand même un Français ; il s'appelle André. Le moineau n'a pas reçu de consigne spéciale : il doit tirer sur un Français, un point c'est tout. Il arrive au niveau de l'homme, évite de le regarder, le dépasse de quelques pas, se retourne, tire deux fois. André Zitoun se met à courir en appelant à son aide Sliman dont la boucherie est toute proche. Après quelques mètres, il tombe dans le caniveau. Le jour même, il décède à l'hôpital de Sétif.

« Pourquoi donc a-t-on tué cet homme ? Il était courtois avec la parole douce comme le miel. » Les gens s'interrogeaient à voix basse. « Il donnait de l'argent et, à l'hôpital, il fermait les yeux sur la disparition des médicaments. Mais, si les frères ont décidé cette action, c'est qu'ils ont leur raison. »

Hassan connaissait Monsieur André qui fréquentait l'épicerie de son père et s'y attardait dans des discussions plaisantes avec commerçant et clients. Un jour, il l'avait chargé de porter chez lui ses commissions. Il lui avait donné quatre douros. Hassan, qui aurait voulu voir, de l'intérieur, une maison de Français, n'avait pas osé franchir le seuil. Il avait déposé le panier devant la porte et s'était empressé de repartir.

Comme après chaque attentat, les villageois eurent peur. Ceux qui craignaient d'être suspectés évitèrent, pendant quelques jours, de paraître en publie. Il n'y eut ni perquisition ni arrestation. On s'en étonna : le colonel à la longue pipe n'était pas homme à laisser impuni un acte terroriste. Les gens avaient encore présent à l'esprit le premier attentat survenu au village, celui qui avait valu au colonel sa réputation.

C'était un grand jour de marché. Le caïd et son frère furent abattus en plein souk. Les paysans, affolés, se précipitèrent sur les routes, poussant devant eux leurs ânes et leurs mulets. Nombreux furent ceux qui abandonnèrent leurs bêtes pour aller plus vite. Mais les harkis et les soldats français, transportés en jeep et en camion, rattrapèrent tout le monde. Coups de pied, coups de crosse, injures et menaces jusqu'à à la caserne d'où certains ne revinrent jamais.

Hassan rentrait à la maison avec son camarade Tayeb. Un harki nommé Jahnout, connu pour son caractère emporté, les interpella, mitraillette au poing :

— Par ici, enfants de putain ! Vous faites semblant de n'être au courant de rien ! Je vais vous arranger immédiatement !

Il leur envoya deux coups de brodequin dans le ventre. Ils tombèrent dans le fossé. Il pointa sur eux son arme, trépignant, hurlant :

— Je vais vous coudre le ventre, graines de fellaga, si vous ne me dites pas où est passé le fellaga !

Hassan était blanc comme un linge et Tayeb pleurait à chaudes larmes, jurant qu'il ne savait rien. Les deux enfants ne furent délivrés des mains de Jahnout que grâce à l'intervention d'un gendarme. Tayeb pleura tout au long du chemin. Au moment de se séparer de Hassan pour rejoindre la maison de ses parents, il dit en reniflant :

— Un jour, je serai harki moi aussi, et je me vengerai de Jahnout.

Quand Tayeb est devenu harki, il devait être âgé de dix-sept ans. Il s'est engagé en même temps qu'une dizaine de jeunes, orphelins pour la plupart, livrés à eux-mêmes et sans argent. Hassan est resté stupéfait en apercevant son camarade, son aîné de trois ans, empêtré dans un uniforme de l'armée française, trop large, trop long pour son corps d'adolescent à la démarche mal assurée.

Le recruteur de harkis, un civil, avait un œil de verre bleu alors que l'œil sain était noir. Il allait tête nue à la manière des Français mais, le jour de l'Aïd, il enroulait avec élégance un turban d'une blancheur éclatante, ce qui lui donnait un air pieux et respectable. Quand il ne se trouvait pas au café devant un jeu de dominos, il parcourait les rues et les chemins du village, distribuant, à droite et à gauche, sourires et saluts. Le soir, il se rendait en cachette à la gendarmerie et faisait son rapport. Quand il repérait un jeune homme qu'il pensait recrutable, il allait se promener avec lui hors du village.

— Écoute, fils, réfléchis tranquillement à ce que je viens de te dire... Tu as un salaire fixe à la fin de chaque mois ; tu peux te marier. Quand ta femme accouchera, tu auras de l'argent et aussi les allocations pour les enfants. Et puis disons la vérité : ce n'est pas un travail fatigant ; de temps en temps, une sortie par-ci, une promenade par-là... Qui peut t'offrir une pareille situation ? Ce que diront les gens ? Tu t'en moques ! De toute manière, ils n'oseront rien dire. Et puis quoi ? Ici, c'est la France qui commande, et quand tu portes son uniforme, c'est toi la France.

Tayeb n'était plus le même. Il marchait en regardant droit devant lui. Il ne parlait à personne, ne saluait personne. Même quand il croisait Hassan, hier encore son camarade de jeu, il semblait ne pas le reconnaître. Et Hassan, de son côté — pour des raisons qu'il ne s'expliquait pas —, se sentait désormais incapable de l'aborder. Il passait vite en feignant de ne pas le voir. Les autres harkis portaient l'uniforme avec une certaine arrogance, parlaient à voix haute, s'esclaffaient, fréquentaient le bistrot sans se cacher.

Les nouvelles recrues étaient commandées par Jahnout promu sergent depuis peu. Au-dessus de Jahnout, un légionnaire blond au visage lisse et souriant. Le poste des harkis était situé à l'entrée ouest du village, face à la gendarmerie. Les gamins allaient les regarder lorsqu'ils montaient dans les camions, disciplinés sous le regard de leur chef, mais se bousculant et s'injuriant dès qu'il avait le dos tourné.

Jahnout voulait épouser sa cousine, Malika. Lorsque sa mère se présenta au douar pour demander la main de la fille, le frère de celle-ci lui dit :

— Jamais je ne marierai ma sœur à un harki. Ton fils nous a déjà assez déshonorés.

La pauvre femme n'insista pas. Elle quitta la maison de sa sœur le cœur serré. Elle employa toutes ses forces pour convaincre son fils de prendre une épouse dans une autre famille. Jahnout refusa de l'entendre. Il se précipita auprès de son cousin, jura de lui faire payer son mépris.

— Je sais ce que tu manigances avec les fellagas.

Les deux familles cessèrent de se fréquenter. Les mois passèrent. Malika fut demandée en mariage par un paysan d'un hameau voisin.

Depuis le commencement de la guerre, le mariage, la naissance, la circoncision n'étaient plus accompagnés de fête. Ni danses, ni chants, ni youyous, ni tapage d'aucune sorte. On réunissait les proches, et la cérémonie se déroulait dans la plus grande discrétion. Hassan était venu avec sa mère. Il joua au bord de l'oued tout l'après-midi. Le soir, il mangea le couscous dans un grand plat de bois monté sur pied avec les autres garçons rassemblés dans une pièce qui servait de débarras. Un adolescent renfrogné avait mission de les surveiller. Il leur donnait des coups sur le crâne avec un long roseau quand ils se bousculaient ou riaient trop fort. Les jeunes enfants étaient avec leur mère dans la pièce réservée aux femmes. Les hommes se trouvaient dans une maison voisine. Abdallah, le frère de la mariée, leur porta le dîner. Il ne faisait aucun bruit en passant d'une maison à l'autre. Le silence de la nuit n'était troublé que par le coassement des grenouilles de l'oued.

Jahnout et ses hommes avaient remonté le cours de l'oued en marchant dans le sable, sans lumière. Il avait insisté auprès de son chef, le légionnaire, pour obtenir la permission d'effectuer cette sortie, aller surveiller de près le douar où bien des choses se passent chaque nuit. Il posta ses hommes derrière les haies touffues des jardins, face aux portes des maisons.

Les enfants renvoyèrent le plat vide aux cuisinières, puis s'étendirent sur la natte. Leur surveillant jeta sur eux une épaisse couverture de laine. Serrés les uns contre les autres, ils commencèrent à jouer aux devinettes, veillant à ne pas élever la voix. L'adolescent s'adossa à un bât de mulet, sortit de sa poche un mégot qu'il alluma à la flamme du quinquet. Les femmes, après avoir couché les enfants, firent cercle autour de la mariée pour lui poser le henné, regarder son trousseau, la peigner et l'habiller. Dans la maison voisine, les hommes, enroulés dans leurs burnous, fumaient, buvaient du café en échangeant des paroles lapidaires.

Le café terminé, Abdallah prit la cafetière et alla voir les cuisinières dans la maison des femmes et des enfants. Dehors, la nuit emplie d'étoiles, et l'appel des grenouilles. Ce fut au moment où Abdallah revenait vers la maison des hommes que la fusillade se déchaîna, répercutée comme un bruit d'enfer d'une falaise à l'autre. Dix armes automatiques crachaient la mort sur les façades des maisonnettes de pierre. Les enfants s'agrippaient les uns aux autres. L'adolescent au roseau était sous le bât de mulet. Les femmes s'appelaient par leur prénom. Les bébés, réveillés en sursaut, hurlaient en se débattant sous les couvertures. Les hommes se regardaient, hagards et livides, bredouillant des prières. La mariée, secouée de sanglots, s'était réfugiée dans un coin, les mains et les pieds encore entourés des bandelettes du henné. Sa mère, debout contre le chambranle de la porte, battait de ses mains sa gorge en haletant :

— Mon fils ! Mon fils ! Il vient juste de sortir. Oh ! mon Dieu !

La fusillade s'arrêta. Les portes furent ébranlées par des coups de pied et de crosse. Des cris, des injures, des menaces, des blasphèmes. Les harkis firent irruption dans les maisons poussèrent au-dehors tous les hommes. Ils essayèrent d'entrer dans la maison des femmes, mais deux vieilles en colère leur barrèrent le chemin, les traitant de renégats, d'enfants dénaturés et sans pudeur. Elles déversèrent sur leurs têtes de terribles imprécations qui les firent reculer. Les hommes furent rassemblés sous les arbres, à quelques mètres du corps d'Abdallah, couché sur le flanc. Jahnout émergea de l'ombre, avança jusqu'au mort.

— Vous ne savez donc pas qu'il est défendu de sortir la nuit ? Il a eu ce qu'il méritait. Le couvre-feu, c'est le couvre-feu ! C'est mon cousin, mais il n'avait qu'à se tenir tranquille. Tant pis...

La mère d'Abdallah arriva en courant, bouscula le harki qui voulait l'empêcher de passer. Elle se pencha sur le corps inanimé et un long cri de douleur emplit la nuit.

Les hommes furent autorisés à regagner leur maison. On rentra le mort et la mère qu'un homme dut porter dans ses bras. Malika arracha les bandelettes qui retenaient le henné sur ses mains, se jeta par terre en se griffant la figure.

— Mon frère ! Mon frère ! Mon frère, fils de ma mère !

Puis, comme en proie à la démence, elle se mit à jeter tout ce qu'elle portait sur elle : foulards, ceinture, boucles d'oreilles, bagues. Elle fendit de haut en bas sa robe et sa chemise. Les femmes l'empoignèrent et l'emmenèrent de force dans la pièce voisine où elle continua à hurler, le regard fou et vide de toute larme.

Au matin, les hommes furent de nouveau rassemblés sous les arbres. Les gendarmes étaient là pour le constat. Jahnout, très pâle et mal à l'aise sous le regard silencieux des paysans, fournit des explications, montrant l'endroit où son cousin était tombé et les haies des jardins derrière lesquelles il avait posté ses hommes pour surprendre les fellagas. Les gendarmes vérifièrent l'identité des hommes, puis firent venir la mère d'Abdallah pour l'interroger. Jahnout devait servir d'interprète.

— Traître !

Elle lui cracha au visage. Il recula, effaré. Un gendarme repoussa la femme, lui ordonna de se taire.

— Impie ! Je te découperais en morceaux que mon cœur ne serait pas apaisé. Renégat ! L'habit que tu portes ne te protégera pas longtemps...

Les paysans la supplièrent de ne rien dire de plus.

Après le départ des gendarmes, deux oncles de Malika entrèrent dans la maison des femmes. Le plus âgé, appuyé sur une canne, parla d'une voix calme, et les larmes coulaient doucement sur ses joues creuses.

— Notre fils est mort. Dieu seul est maître des destinées, et nous sommes ses esclaves. Que pourrions-nous, mes filles ? Notre fils est mort, et notre malheur est terrible. Malgré tout, laissons ce mariage s'accomplir, car il est dans les desseins du Seigneur. Ne nous opposons pas à sa volonté. Habillez la fille. Nous allons la mener dans la demeure de son époux.

Malika refusa de quitter ses vêtements réduits en lambeaux. On dut recourir à la force pour l'habiller et la faire sortir de la maison.

— Je ne veux pas partir ! Laissez-moi avec mon frère ! Que le malheur fonde sur vos têtes !

Sur la petite place du douar, elle se coucha par terre, à l'endroit même où son frère était tombé. Elle griffa la terre, en arracha des parcelles dont elle se couvrit la bouche. On la remit debout avec peine. Mais de nouveau elle tomba par terre, sur les genoux. Alors, l'un des oncles accourut, un bâton à la main, et se mit à la battre, ses dents plantées dans la lèvre. Les femmes pleuraient. Les hommes avaient des visages défaits. Les enfants ouvraient de grands yeux, hébétés. Hassan serra les poings dans ses poches, les ongles enfoncés dans la chair. Ses yeux s'emplirent de larmes. Il se sauva, traversa l'oued, alla se jeter derrière une meule de foin. Il pressa les poings sur les yeux et tout se mit à tournoyer dans sa tête : Malika, l'oncle brandissant le bâton, le voile blanc, les arbres, les maisons, déformés, craquelés, démembrés par la douleur. Il détendit les paupières et les larmes bondirent sur ses joues, violentes, libératrices.

Les hommes se relayèrent pour transporter, dans leurs bras, la mariée. Malika se blottit dans un coin et, toute la journée, demeura prostrée. Mais, au crépuscule, trompant la vigilance de tous, elle s'enfuit pieds nus et regagna la maison de ses parents en prenant par les ravins. Le lendemain matin, ses oncles, confus et désorientés, la ramenèrent par force dans la maison de son mari. Mais de nouveau elle se sauva, et tous finirent par convenir que ce mariage ne devait pas avoir lieu. La famille de la fille restitua une partie de la dot à la famille du garçon, puis elles se séparèrent en disant : « Dieu n'a pas voulu de ce mariage. Soumettons-nous à sa volonté. Qu'il soit loué pour tout ! »

Smaïl, l'ancien berger, entreprenant et bon tireur, avait été nommé caporal-chef. Au village, le bruit courait que c'était lui qui avait tué Abdallah. Il s'en défendait. Il n'était pour rien dans ce meurtre : Jahnout avait commandé aux harkis d'ouvrir le feu. Les maquisards entrèrent en liaison avec Smaïl qui ne fit pas de difficultés pour payer une amende et livrer des cartouches. Puis, une nuit de juillet — Jahnout était absent —, il décapita, à l'aide d'une hache, le chef légionnaire surpris dans son lit, et rejoignit le maquis avec armes et munitions à la tête d'un groupe de harkis.

Au matin, les harkis qui n'avaient pas déserté furent arrêtés, interrogés et bastonnés par les gendarmes assistés de Jahnout rappelé d'urgence. Ils furent ensuite placés en plein soleil, contre les murs de la gendarmerie, tête nue, sans ceinture et sans lacets. Tayeb était parmi eux. Les gens les regardaient à la dérobée en passant sur la route. Personne ne les plaignait. Le soir même, à l'exception de Jahnout, ils furent tous renvoyés.

« À quoi bon garder ces bourricots ! Ils ne feront ni de bons soldats français ni de bons fellagas ! » se serait écrié le colonel à la longue pipe

Février 1962.

La guerre allait peut-être cesser. Les gens qui savaient lire achetaient le journal et le montraient à ceux qui ne savaient pas lire en énumérant les noms des représentants algériens présents sur les photos, bien vêtus, en bonne santé, souriants.

— Dieu soit loué ! disaient les gens.

L'arrestation de Ferhat, un jeune de dix-huit ans originaire de la vallée, rappela à tous que la guerre n'était pas encore finie et que le colonel à la longue pipe n'était pas homme à laisser un attentat impuni. Ferhat assurait les liaisons entre les maquisards et les militants du village. Peur et désarroi. Ceux qui avaient eu des relations directes avec lui s'empressèrent de disparaître, se fondant dans l'anonymat d'une ville voisine, se terrant dans la maison d'un parent qui ne saurait être suspecté de connivence avec les rebelles. Le beau-frère de Hassan confia sa femme à ses beaux-parents et alla se réfugier auprès de son cousin, harki dans un village de la région.

Thibaud employa les électrodes. À l'aube, les soldats encerclèrent la ferme. Quand le jour fut plus clair, un hélicoptère se posa sur le stade encore enneigé, et prit à son bord le colonel et le mouchard dissimulé sous une couverture militaire. Précaution inutile : tout le monde savait qui se cachait sous la couverture.

— Que le malheur tombe sur sa tête ! Il a déjà vendu ses frères ! avait dit Fatim-Zohra, les yeux attachés sur l'hélicoptère qui prenait de l'altitude.

Peu de temps après, deux avions jaunes apparurent au-dessus du village. Ils décrivirent un grand cercle, puis se dirigèrent vers la vallée. L'explosion des premières bombes retentit. Jamais on n'avait effectué de bombardement si près du village. D'habitude, c'était là-bas, loin dans les montagnes sombres et bleues. C'était si loin que les avions devenaient invisibles. Mais parfois, quand la lumière était moins vive, on pouvait compter les boules phosphorescentes qui descendaient du ciel.

Tous regardaient en direction de la vallée. Les Français étaient sur leurs balcons. La femme du capitaine pointait ses jumelles. Les enfants s'étaient installés au sommet des collines. Dans leur ronde incessante, les avions jaunes élargissaient leur cercle jusqu'au-dessus du village. Les enfants les suivaient du regard, silencieux. Ni insanités ni saluts accompagnés de gestes de bras adressés aux pilotes comme à l'accoutumée. La mère de Hassan, debout derrière la fenêtre, pleurait.

— Ils vont tous les tuer ! Après, ça sera notre tour.

Malek, posté sur le rebord de la fenêtre, guettait l'apparition des avions avec fébrilité.

On disait que l'Ancien, comme chaque jour, s'était réveillé au premier chant du coq. Il avait repoussé délicatement les couvertures. Sa jeune épouse, tournée vers le mur, le bras sur son bébé, continuait à dormir. Il entra dans la pièce commune. Yemmouna, sa première femme, vint à sa rencontre. Il s'inclina. Elle lui posa un baiser sur la tête, lui tendit la cruche. Il sortit, fit le tour de la ferme en marchant doucement. Il s'arrêta plusieurs fois, écouta le silence, scruta les alentours. Il s'accroupit à sa place habituelle sous le figuier et fit ses ablutions.

— Maître, tu as l'air soucieux, lui dit Yemmouna quand il reparut.

Il s'assit sur le tapis de prière au milieu de la pièce et d'un signe de tête invita Yemmouna à s'approcher.

— Femme, va réveiller les dormeurs. Dis-leur de partir sur-le-champ, par le ravin des asphodèles. Le gosse nous a vendus. Ils sont là, autour de nous, dans l'ombre.

La maison s'emplit de rumeurs, d'interrogations, de pleurs d'enfants. On se rassembla autour de l'Ancien.

- Prenez par le ravin des asphodèles, tout le reste est bouclé.

— Et toi, Maître, dit timidement la jeune épouse en serrant son bébé qui avait le sein à la bouche.

— C'est vrai, père. Nous ne pouvons pas te laisser ici tout seul, dirent à leur tour les hommes.

— Le ravin des asphodèles n'est pas un chemin pour moi.

— Partez vite ! dit Yemmouna.

— Les voilà, les avions, mma ! lança Malek de son poste d'observation.

Hassan, allongé sur le dos, écoutait.

Une journée de juin embrasée. Hassan, la chemise ouverte sur la poitrine, était allé voler des épis de blé tendre dans un champ voisin.

50

C'était jeudi, jour du marché. La foule des chalands, des marchands ambulants, des badauds commençait à se disperser quand deux avions jaunes se sont approchés du village. Ils se mirent à décrire des cercles si bas qu'on apercevait la silhouette des pilotes quand ils inclinaient leurs ailes. Jamais encore ils n'avaient survolé le village à cette altitude. D'ordinaire, ils passaient très haut, si haut qu'ils semblaient de minuscules points noirs ou brillants accompagnés d'un sillon blanc qui se défaisait à mesure qu'ils s'éloignaient.

— Les avions-réaction ! Les avions-réaction ! criaient les enfants qui, parfois, ne les voyaient même pas, mais entendaient seulement un sourd grondement rouler dans le ciel.

Hassan s'était mis à courir comme un fou. Ils vont jeter sur le village des bombes. Tout ne sera que décombres. Cabrane lui avait décrit la ronde des avions à la guerre. C'était comme cela qu'ils opéraient pour larguer leur cargaison de bombes. Cabrane avait encore dans sa chair des éclats d'explosif. Le sang les charrie petit à petit vers le cœur. Hassan entra dans le champ de blé, le traversa haletant. De l'autre côté, un énorme rocher qui avançait en forme de préau, sous lequel il allait jouer parfois. Hassan se lova dans une anfractuosité de la roche, respira profondément, cracha devant lui, puis se redressa, effaré : un rat noir le regardait, les yeux allumés. Hassan bondit, se remit à courir en direction de la maison de ses parents. Sa mère priait, les mains ouvertes sur le ventre, comme pour protéger l'enfant qu'elle portait. Lahcen, son frère aîné, riait, exécutait des pirouettes, bras écartés, comme s'il était un avion, allait jusqu'à la porte, regardait le ciel et riait encore.

— Ça vous fait peur ! Regardez ce que je vais leur faire, comme au cinéma !

Et, tendant les deux bras, poings fermés, en direction des avions, il déchaîna une mitrailleuse imaginaire.

— Arrête de faire le fou. Ils pourraient te voir.

— Les voilà ! Les voilà, mma ! Venez, les avions ! Venez, sur notre maison ! criait Malek du haut de son perchoir.

— Tais-toi, mon fils ! Il ne manquerait plus que tu les appelles.

On disait que l'Ancien et Yemmouna étaient assis de part et d'autre de la cheminée. Sur le feu, bouillait une cafetière à longue tige. L'Ancien était à sa troisième tasse de café quand le colonel, Ferhat, débarrassé de sa couverture, et une dizaine de soldats français et de harkis firent irruption dans la pièce. L'Ancien leva les yeux. Ferhat détourna son regard.

— Levez-vous ! Avancez !

L'Ancien portait toutes ses décorations militaires et Yemmouna serrait contre elle un foulard rouge noué par les quatre coins. Le colonel le lui enleva.

— Ça appartient à mes filles et à mes brus.

Il le dénoua, en examina le contenu avec curiosité : quelques bijoux en argent, du savon odorant, deux ou trois flacons de parfum.

Ferhat mena le colonel à la pièce où on entreposait le grain. Elle était séparée du corps du logis et pourvue d'une seconde porte donnant directement sur le verger. Avec son poignard, l'un des soldats éventra, l'un après l'autre les sacs de blé alignés contre le mur. Le bruit du grain qui se répandait à ses pieds l'emplissait d'une jubilation enfantine. Le colonel avait l'air sombre. Dès qu'il s'était approché de la ferme, il avait pressenti que les renards n'étaient plus dans leur terrier. Ferhat se dirigea vers le coin où étaient entassés des bâts de mulet. Il les repoussa.

— C'est là.

Et, se penchant, il souleva un panneau de bois recouvert d'une couche de terre de la même teinte que le sol de la pièce. Les soldats reculèrent. Rien ne bougeait dans la cachette. Thibaud passa une torche électrique à un harki. L'homme se coucha à plat ventre au bord du trou noir, balaya d'un jet de lumière l'intérieur de la cachette. Il fit non de la tête, se redressa. Le colonel ordonna à Ferhat et à l'Ancien de descendre dans le refuge et de remonter tout ce qu'ils y trouveraient. Ferhat descendit le premier, une lampe électrique à la main. L'Ancien le suivit avec difficulté. Yemmouna pleurait en le regardant s'enfoncer lentement dans la terre. Ferhat remonta des couvertures, des boîtes de conserve, deux fusils de chasse au canon rouillé, un réveil, plusieurs paires de « pataugas », un transistor, des cartouches de cigarettes, quelques affaires de toilette, de vieux journaux. Deux harkis descendirent à leur tour dans la cachette, suivis de Thibaud et du colonel. Le colonel inspecta rapidement les lieux et remonta, les mâchoires crispées. Il tenait à la main les décorations militaires de l'Ancien.

On disait que c'était au moment où le jeune homme avait posé ses lèvres sur l'épaule droite de l'Ancien pour lui demander pardon que Thibaud avait tiré une rafale de mitraillette. Ils tombèrent côte à côte, sans cri, sans soubresaut. Thibaud remonta le dernier ; il se retourna, lança une grenade. Les soldats se retirèrent de la ferme. Les avions jaunes piquèrent. Yemmouna s'éloigna le long de l'oued, le foulard rouge noué par les quatre coins au bout du bras. La terre tremblait sous ses pieds.

[handwritten note: Février — Quoi ça rajoude au violence qui se moude ?]

Ce fut pendant ces journées de neige, de froid et d'angoisse que Youssef, le père de Hassan, cédant à la panique, étrangla Ouarda. Elle était rousse et affectueuse. Elle ressemblait à la première.

Un matin d'été, lancé on ne sait comment, le bruit se répand que les soldats de la France vont rentrer dans toutes les maisons pour abattre les chiens qui les empêchent, par leurs aboies nocturnes, intempestifs, de passer inaperçus et de tomber par surprise sur les maquisards en visite au village. Ouarda vient de mettre bas. On lui a laissé un chiot destiné à des voisins. Ce matin-là, Hassan apprend le Coran à la mosquée quand sa cadette, toute rose d'avoir couru, se présente devant le maître et le supplie, au nom de sa mère, de libérer son frère pour affaire urgente.

Hassan trouve sa mère dans une grande agitation, debout au milieu de la cour, la chienne en laisse, et à ses pieds le chiot dans un panier.

— Que Dieu te recouvre de ses bienfaits, mon fils ! Vite, conduis la chienne dans la maison de ton oncle. On dit que les soldats de la France vont passer dans toutes les maisons pour abattre les chiens.

Hassan, qui aime Ouarda et la maison de son oncle, attrape la laisse. Fatiha prend le panier avec le chiot qui, séparé de sa mère, commence à gémir. Le chemin descend abruptement entre les champs. Ouarda résiste, tourne sans cesse le museau pour s'assurer que son petit la suit. Fatiha trottine bien loin derrière. Hassan, le front en nage, n'arrête pas de jurer contre elle et contre la chienne. Il veut courir plus vite encore. Il lui semble que les soldats sont sur ses talons et qu'ils peuvent le rattraper d'un moment à l'autre.

Les deux enfants atteignent la maison de l'oncle épuisés et couverts de poussière. Ils boivent du petit-lait, mangent des œufs durs et du beurre salé, puis s'en retournent auprès de leur mère, fiers de leur exploit. Mais le lendemain, Ouarda, toute joyeuse, réapparaît, tenue en laisse par le grand cousin. Le plus jeune porte le chiot dans ses bras. L'oncle a refusé de garder la chienne : il ne désire pas avoir d'ennuis avec les maquisards, soucieux eux aussi de traverser la nuit inaperçus.

Ouarda emplissait la nuit de ses aboiements, dérangeant le sommeil de bien des voisins. Youssef recevait de nombreuses plaintes.

— Les chiens sont faits pour aboyer, répliquait Fatim-Zohra.

Un jour, une voisine, qui ne portait pas Fatim-Zohra dans son cœur, dit à Youssef que les maquisards exigeaient la mort de la chienne. Youssef ne souffla mot à sa femme, car il savait quelle serait sa réponse : « Pourquoi seule notre chienne dérangerait les maquisards ? Il y a des dizaines de chiens dans le village, et tous, ils aboient la nuit ! » Peu de temps après, Fatim-Zohra alla s'occuper de l'une de ses filles qui venait d'accoucher. Profitant de cette absence, la voisine revint à la charge :

— Il paraît que les frères ont de nouveau parlé de toi. Ils ont dit : « S'il refuse de tuer sa chienne, on l'arrangera. » Moi, je te dis ce qu'on m'a dit, et toi, fais comme il te plaît. Si tu cherches les complications, c'est ton affaire.

Le soir, en rentrant chez lui, Youssef avait l'air sombre. Il distribua machinalement les oranges aux enfants réunis autour du feu, puis se rendit dans la cabane où la chienne était attachée. Contrairement à l'habitude, il n'avait apporté, ce soir-là, aucun os. Au bout de quelques minutes, il reparut. Ses yeux étaient humides ; ses mains tremblaient. Il fit ses ablutions, enfila ses burnous et s'assit sur le tapis de prière. Il invoqua longtemps la miséricorde de Dieu. Il se coucha sans dîner, et Ouarda, cette nuit-là, ne troubla le sommeil de personne.

Hassan prend Ouarda dans ses bras. Il court dans la nuit, talonné par une meute de chiens-loups lâchés par les soldats. Il file comme le vent, mais les molosses sont aussi rapides que lui. Ils sont sur le point de le rattraper. Ouarda se change en chienne ailée, et Hassan se retrouve sur son dos. Les chiens-loups se métamorphosent en soldats pointant de longs fusils vers le ciel. Ils ouvrent le feu, mais Hassan et Ouarda sont très haut dans la nuit, tout près des étoiles. Puis Ouarda se sépare de Hassan, devient une étoile qui disparaît dans la multitude des astres. Hassan se débat, comme s'il était en train de se noyer. Il tombe dans le vide, et rien, à présent, ne peut le retenir, le sauver. L'angoisse de la dislocation. Il s'enfonce dans une masse liquide : un bassin, une rivière, une mer. Il continue à descendre, prisonnier d'un dérèglement irrépressible. L'angoisse devenait intenable. Hassan gémit et se réveilla. Mais la peur, presque palpable, était toujours à ses côtés, emplissant de sa masse la maison silencieuse. Hassan remonta précipitamment les couvertures et se recroquevilla, le cœur battant à grands coups.

Hassan retrouvait son calme. Il pensait toujours à Ouarda. À l'aube, en partant au travail, le père la traînerait jusqu'au bord de la route. Un peu plus tard, les éboueurs la jetteraient dans leur camion, sans une parole d'apitoiement et, sans doute, en grommelant de mécontentement. C'est plus commode de soulever une poubelle que le cadavre d'une chienne qui fut, de toute évidence, bien nourrie par ses maîtres. Ouarda allait retrouver Ouarda, la première, celle qui avait été abattue par les soldats pendant la grande rafle.

La chienne aboyait furieusement contre les trois soldats qui venaient de sauter dans la cour après avoir marché sur le toit de la maison. Elle s'agitait dans l'entrée de la cabane, tirait sur sa chaîne. L'un des soldats avança, se posta juste en face d'elle, mitraillette au poing. Le père prit Malek dans ses bras, et s'approcha du soldat dont il avait deviné l'intention. Peut-être la vue du bébé verserait-elle dans son cœur un peu d'humanité. Le soldat manœuvra ; l'arme semblait lui résister. Youssef se pencha sur la chienne pour la calmer, mais rien n'y fit : elle continuait à clabauder contre les intrus.

— Laisse tomber !

Un soldat, conciliant, donna une tape sur l'épaule de son camarade. Le coup de feu partit. La balle traversa le cou de la chienne. Le bébé se serra contre son père. Puis, toute la famille fut poussée au-dehors par les soldats. La mère eut tout juste le temps de tendre un burnous à son mari, un autre à son fils, et de couvrir ses épaules d'un voile.

Sur la route, gardée par une nuée de soldats arrivés au village pendant la nuit, une foule compacte d'hommes, de femmes et d'enfants marchait en silence. Les hommes et les adolescents étaient dirigés sur le stade ; les femmes et les enfants vers les abattoirs tout proches.

Le village fut entièrement vidé de ses habitants. Les abattoirs ne tardèrent pas à se remplir ; néanmoins, on continuait à y pousser femmes et enfants. Les garçons, ravis de se retrouver tous ensemble en un lieu aussi insolite, oublièrent la gravité du moment. Ils s'accrochèrent aux barres et aux crochets, firent gicler l'eau des robinets, échangèrent coups et invectives pour grimper sur le toit de la charrette rouge servant au transport de la viande. Les femmes, entourées des bébés et des filles, présentaient des figures décomposées. Certaines pleuraient, qui craignaient de ne plus jamais revoir le fils, l'époux, le frère, le père. D'autres parlaient, s'interrogeaient, disaient des prières. Hassan, appuyé au portail couleur de sang, pensait à Ouarda, couchée dans sa cabane, gueule ouverte. Les petits enfants eurent faim ; ils se mirent à pleurer et à réclamer de la galette. Il y eut des femmes généreuses qui partagèrent spontanément, entre leurs enfants et ceux des voisines, le peu de nourriture qu'elles avaient ; et d'autres qui se raidirent dans leur égoïsme ou leur avarice, faisant la sourde oreille.

Dans l'après-midi, les femmes et les enfants furent autorisés à réintégrer les maisons. Cependant, avant de laisser les femmes s'en aller, on tint à s'assurer de leur sexe : Dieu seul sait ce qui pouvait se cacher sous cet amas de chiffons et ces voiles. Deux Françaises, étrangères au village, leur palpèrent donc l'entrejambes.

On retrouva les maisons complètement retournées : literie renversée, coffres et armoires béants, vaisselle et actes de propriété répandus par terre. Fatim-Zohra ne retrouva pas dans son petit coffre laqué, rayé de jaune, tous ses bijoux d'argent. Hassan alla chercher la brouette où, aidé de sa mère, il coucha la chienne. Il poussa la brouette jusqu'à la lisière d'un champ de blé. Jeha, le fils des voisins, le suivait, une petite pioche sur l'épaule à la manière des ouvriers se rendant au chantier. Quand Ouarda fut recouverte de terre, le museau orienté vers La Mecque, les deux garçons plantèrent, à chaque extrémité de la tombe, une pierre oblongue.

Jeha se coucha dans la brouette, fixa le ciel et dit :

— Les chiens et les chats ont sept âmes. Le soldat qui a tué Ouarda sera torturé par Azraël comme s'il avait tué sept hommes. Le gourdin d'Azraël lui brisera les os.

Jeha se mit à rire. Hassan, assis sur le talus, ne disait rien. Il regardait, là-bas, sur le flanc de la montagne, parmi les genêts, le petit cimetière où dormait sa grand-mère. « Ouarda va peut-être rencontrer ma grand-mère au paradis. »

Hassan était convaincu que sa grand-mère habitait le paradis en compagnie des bienheureux. Elle n'avait laissé derrière elle que des regrets sincères. On la disait femme de bien, cœur compatissant et mains ouvertes. Son linceul de neige, elle l'avait préparé de son vivant, ramené de La Mecque, terre bénie de Dieu, par un pèlerin. On disait qu'une semaine avant sa mort, elle avait eu une vision prémonitoire de son destin et du destin du pays.

— Je vais partir bientôt, avait-elle dit à sa bru le matin. Ils sont venus me chercher, cette nuit, tous les défunts dont je connais le nom et le visage : ma mère, mon père, mes enfants, mes frères, mes sœurs, mes cousins, mes oncles, mes tantes, mes grands-parents... Ils sont sortis des tombes, vêtus de robes blanches. « Que venez-vous faire ici ? leur ai-je demandé. — Cette terre va connaître sept bonnes récoltes. Il y aura tant de blé et d'orge que les silos déborderont ! Tant de blé et d'orge ! Nous abandonnons nos tombes ; elles serviront à engranger le surplus. Viens avec nous. Mets cette robe blanche. » Et comme je refusais, ma mère s'est avancée ; elle a déchiré la robe que je portais. Puis, sortant de son sein un flacon de musc, elle l'a vidé sur ma tête. « Où allez-vous ? leur ai-je dit, vêtue de ma nouvelle robe. — Sur la montagne préparer tes noces. » Et Dieu m'a ouvert les yeux. Je vais partir, ma fille. Que Dieu vous garde ! Les temps durs ne sont pas loin. Je vais partir bientôt.

Hassan devait avoir six ans. Elle était subitement morte dans la nuit. Il dormait contre son corps pour écouter ses contes. Au matin, elle fut lavée par deux vieilles femmes du village, au fond de la cour, derrière deux plaques de zinc dressées en angle. L'eau de la toilette coulait sous la porte d'entrée. Les enfants enjambaient le petit ruisseau en faisant attention de ne pas mouiller leurs pieds : l'eau des morts donne des plaies qui ne guérissent jamais ! Sous le regard effaré de ses camarades, Hassan plongea les pieds dans le filet d'eau à plusieurs reprises.

La grand-mère fut couchée sur un brancard vert prêté par la mosquée. Une couverture de laine rouge recouvrit son corps enveloppé de blanc. Quatre hommes chargèrent ensuite le brancard sur leurs épaules et le cortège prit le chemin de la montagne. Tous invoquaient la miséricorde de Dieu en un vaste bourdonnement qui donnait des frissons à Hassan. Ils disparurent là-haut derrière les amandiers. Hassan s'assit sur une pierre au pied d'un mur. Il n'attendit pas longtemps. Bientôt ils réapparurent. Ils ne chantaient plus, et tous couraient, comme en proie à une soudaine panique, le brancard vide tressautant sur le dos de deux porteurs.

C'était toujours ainsi que les choses se passaient après les enterrements. Hassan le savait.

Dès que le mort est sous terre, les vivants détalent, s'empressent de revenir parmi leurs semblables. Car, aussitôt inhumé, le mort revient à la vie, puis sort de la tombe dans l'espoir de capturer un vivant qu'il emmènera avec lui dans l'autre monde.

— Jeha, pourquoi les hommes se sauvent-ils après avoir enterré les morts ? demanda Hassan à son camarade toujours couché dans la brouette.

— Parce qu'ils sont peureux. Moi, je n'ai pas peur des morts. Quand mes vaches vont dans le cimetière, je les laisse. Et même une fois, j'ai trouvé un os, comme ça, en marchant entre les tombes.

Les hommes ne furent pas libérés. Ils demeurèrent dans le stade, dès lors entouré d'une haute enceinte de fil de fer barbelé élevée par les prisonniers. Les nuits de mars sont froides. Les femmes et les enfants se serraient sous les couvertures. Ils tendaient l'oreille aux bruits extérieurs, chuchotaient des mots brisés par la peur.

Les familles furent autorisées à envoyer aux prisonniers des couvertures et des vivres. Mais, si les couvertures et les burnous, lancés en boule par-dessus les barbelés, arrivaient aux prisonniers — rarement à leurs vrais destinataires —, le café, la galette, les fruits et le tabac allaient directement sous les tentes des soldats. Les enfants lièrent rapidement connaissance avec les harkis. Ils faisaient cercle autour d'eux, les interrogeaient sur le sort des hommes.

— Ne craignez rien, les enfants. Demain matin, on vous rendra vos parents. Et maintenant, allez dire à vos mamans de nous préparer un peu de galette et un peu de café. Nous sommes vos frères, des Arabes comme vous.

— Qu'ils boivent le poison ! répondirent les femmes.

À vrai dire, les enfants étaient heureux de se retrouver, pour une fois, seuls avec les femmes, débarrassés des pères. Hassan se comportait en chef de famille ; il était l'homme sur qui sa mère pouvait compter. Il commandait à ses sœurs, veillait sur le jardin, et le soir, après avoir fermé toutes les portes de la maison, il s'allongeait à la place du père, le quinquet et les allumettes à ses côtés.

Chaque jour, les yeux des femmes et des enfants se tournaient vers les portes du stade. Les hommes étaient toujours derrière les barbelés. Le village, triste et silencieux, semblait à présent vidé de toute vie. Les enfants ne jouaient plus, et Mohand Akli, laissé en liberté parce qu'il était fou, ne chantait plus. Dans les maisons, les provisions commençaient à s'épuiser. Accompagné d'Abla, la fille des voisins, Hassan se rendit dans l'épicerie de son père pour chercher un peu de ravitaillement. Ils eurent très peur en empruntant la rue principale du village avec ses boutiques portes closes et ses salles de café transformées en campements militaires. Mais dès qu'ils furent seuls dans l'épicerie, derrière la porte fermée à clé, ils parlèrent de mariage.

— Je t'achèterai une bague.
— Rien qu'une bague !
— Deux, si tu veux.
— Je veux un pendentif, tout en or.

Elle le prit par le cou ; il la renversa sur le banc. Elle ne se débattit ni ne protesta ; ses cils noirs battaient vite. Il se coucha sur elle, colla son bas-ventre contre le sien, le visage cramoisi.

— Combien me donneras-tu la première nuit ? Tu ne me feras pas mal... Fais voir un peu.

Il s'exécuta. Elle se mit à rire.
— On dirait une merguez !
— Et toi ?
— Si tu regardes, tu perds la vue.
— J'ai déjà vu celle de ma sœur.
— Tu n'as pas honte !

Ce ne fut qu'au septième jour que les hommes furent relâchés. Ils rentrèrent chez eux à pas lents, les vêtements maculés de boue, la face tuméfiée, le regard éteint. Les enfants allèrent au-devant d'eux pour les embrasser et les soulager des burnous et des couvertures qu'ils portaient. Les vieilles femmes venaient aussi à leur rencontre. Elles les embrassaient, remerciaient Dieu de les avoir rendus vivants à leurs familles, la voix assourdie par l'émotion. Mais tous ne rentrèrent pas chez eux, et ceux qui ne revinrent pas ce jour-là, jamais ne revinrent.

Le printemps de l'année suivante, on porta Abla au cimetière sur le brancard vert de la mosquée, Abla empoisonnée par son frère, disait-on à voix basse. En apprenant la nouvelle de sa mort, Hassan était demeuré abasourdi. La veille encore, il l'avait aperçue dans sa robe rouge, un panier en osier à la main. Elle se dirigeait vers les champs, probablement à la recherche des herbes de saison dont sa belle-sœur <u>raffolait.</u>

— Que s'est-il passé ?

— Dieu nous préserve ! Nous ne sommes pas des langues médisantes, mais on dit que c'est son frère qui l'a tuée avec le poison des rats.

— Dieu nous préserve !

— Il l'a dilué dans du lait. Il lui a dit : « Bois, ou je t'égorge avec ce couteau ! »

— Dieu nous préserve du mal !

Hassan faisait semblant d'être absorbé par son travail. En fait, rien ne lui échappait des propos échangés par les femmes. Par moments, sa mère l'observait à la dérobée. Non, il n'écoutait pas ; il était tout entier à la fabrication de son arc.

— Dieu nous protège ! Tu sais que la fille n'arrêtait pas d'errer à travers les champs. Le pied léger ne peut revenir propre. Le harki était dans le ravin. On dit que c'est un harki. Va donc savoir ce qu'il faisait là. Il y avait aussi une ânesse dans le ravin. Je crois bien qu'il était sur elle, le dégoûtant. Dieu le maudisse ! Il l'a attrapée. Il a dit : « Si tu cries, je t'égorge ! » Voilà comment arrive le malheur.

— Dieu nous protège !

— Quand elle est rentrée à la maison, ses jambes étaient couvertes de sang, et la femme de son frère s'est mise à se griffer le visage. Dieu nous préserve ! Nous ne sommes pas des langues médisantes. On dit qu'elle a mis les doigts dedans pour voir. « Tu nous as déshonorés, maudite ! Que la mort t'emporte ! » La fille pleurait. Et puis le frère est arrivé.

— Et la mère ?

— La pauvre ! Elle était dans son coin. Elle pleurait en silence. Son mal lui suffit. Elle est au bord de la tombe.

— Il l'a enfermée dans une pièce. Il a ôté sa ceinture et il s'est mis à la battre. Il était comme un fou. Il y avait du sang partout. Elle était à genoux. Elle suppliait. Il a été chercher un couteau, et il a dit : « Je vais l'égorger, je vais l'égorger tout de suite ! » Et sa femme lui a dit : « Non, arrête ! Tu vas finir en prison. » Alors, il a été chercher le poison des rats. Il l'a versé dans un bol de lait. Il a dit : « Bois, ou je t'égorge ! » Elle a dit : « Oui, oui, je bois, mon frère, je bois. Je ferai tout ce que tu veux, mon frère. » Et elle a bu, elle a bu.

— Dieu ! Dieu !

— On dit que son corps était devenu tout violet. Et tu sais, ils ne l'ont même pas lavée ! Ils l'ont mise comme ça dans le linceul, comme ça. C'est un péché ! Et puis ils ont dit aux gens : « Abla est morte cette nuit. Elle a eu des coliques effroyables. Elle a dû manger une herbe vénéneuse. »

— Dieu ait son âme !

Fatim-Zohra tourna la tête vers son fils : il pleurait, son arc défait posé devant lui.

Hassan cacha son cartable derrière un buisson et revint sur le chemin. Il n'irait pas à l'école l'après-midi. Le soleil tombait verticalement sur sa tête, dru. Il ne pensait à rien. Il se contentait de suivre le lacet du chemin, invisible par endroits sous l'herbe épaisse. Il s'arrêta à la fontaine où une femme malaxait un gros tas de laine, essoufflée, le front trempé de sueur. Il but, jeta de l'eau sur son visage et demanda :

— Ce chemin va bien au cimetière ?
— Quel cimetière ?
— Le séjour des Nobles.
— Mais que vas-tu faire au séjour des Nobles, mon enfant ? De qui es-tu le fils ?
— Je n'ai pas de parents, dit Hassan sans savoir pourquoi il mentait.

Et il poursuivit son chemin. La femme tourna la tête et se remit à son travail. Le chemin montait de plus en plus. Nulle maison à l'entour, mais seulement des cailloux, de l'herbe, des buissons épineux, quelques amandiers rabougris, des genévriers, et sur les contreforts de la montagne, un troupeau de moutons.

Le chemin se perdait dans un vaste terrain pentu, tout aussi envahi de rocaille et de buissons. Est-ce bien là le cimetière où Abla a été enterrée ? Hassan distinguait mal les tombes. Il n'avait jamais vu un cimetière de près. Il avançait lentement, presque en titubant. L'alignement de certaines pierres le frappa : les tombes les plus récentes, vraisemblablement. Et la tombe d'Abla ? Il continuait à avancer, comme s'il ne pouvait faire autrement qu'avancer. Et le cimetière s'élargissait devant lui, devenait incommensurable. Où sont ses limites ? Peut-être qu'il n'en a pas.

Les notes d'une flûte emplirent soudainement l'espace. Hassan s'arrêta, regarda autour de lui : rien que des pierres et des buissons embrasés par le soleil. Et la tombe d'Abla ? Le soleil l'éblouit ; il cligna les yeux. Une forme rouge, surgie de la lumière, venait vers lui. C'était elle, drapée d'une robe rouge, un panier d'osier à la main, les yeux bandés avec un foulard bleu comme autrefois au jeu de colin-maillard sur la route. Les modulations de la flûte semblaient sourdre de son être. Ses lèvres remuèrent : « Viens, Hassan. » Hassan fit demi-tour et s'enfuit. Quelqu'un courait derrière lui, dont il percevait les halètements. Il courait entre les pierres et les buissons comme il n'avait jamais couru. Il voulait hurler, mais ne le put. « Arrête, arrête, salaud ! Fils de putain ! », et les cailloux se mirent à pleuvoir autour de lui. Hassan regarda dans la direction d'où provenaient les vociférations. Sur un escarpement, non loin du troupeau de moutons, deux bergers, armés de frondes, le prenaient pour cible. Hassan était lancé sur le chemin comme un fou. Une pierre lui fendit le talon. Il ne s'arrêta qu'à la fontaine. La femme n'était plus là, et de nombreuses particules de laine flottaient dans le bassin. Il but goulûment, puis s'assit au bord du bassin, lava son pied et sa chaussure tachés de sang. Il avança la tête sous la cascade, but de nouveau, et s'en alla, apaisé, un pied chaussé et l'autre nu.

rêve?

Mars 1962.

Le frère de Hassan arriva un soir, en tenue militaire, une valise noire à la main. Intercepté dans une rafle à Paris, Lahcen avait été d'abord conduit en prison pour insoumission.

Les autorités françaises le recherchaient depuis longtemps. Aux gendarmes qui venaient régulièrement l'interroger sur le lieu de son travail, Youssef répondait : « Comment voulez-vous, chef, que je vous donne l'adresse de mon fils ? Je ne sais pas où il se trouve. Mon fils est un fainéant, je vous dis. Je l'ai envoyé en France pour travailler et m'aider à élever les enfants. Le résultat, vous le voyez : même pas une lettre pour me dire comment il va. »

Après la prison, Lahcen avait été envoyé dans une caserne à Alger pour faire partie du train.

— Le permis de conduire, c'est une bonne

chose, mon fils, dit le père en secouant du bout de ses doigts les grains de couscous retenus par ses moustaches. Comme ça, le jour où tu seras libéré de l'armée, tu trouveras facilement un travail. Qui a un métier dans les mains, jamais ne mourra de faim. Je te le dis.

Silence. Le père regarda les enfants qui se chauffaient devant la cheminée. Ils parlaient entre eux et riaient. D'une voix confidentielle, il ajouta :

— Et les autres, mon fils ? J'espère que tu penses aussi à ça.

— Je fais ce que je peux, murmura Lahcen.

Hassan, qui ne perdait rien de cet échange à mots couverts, admira davantage son frère. « Moi aussi je connais des secrets et je les garde bien. J'ai vu des lettres du F.L.N. et j'ai vu le tampon qu'ils utilisent, un tampon rectangulaire, rouge, avec ces mots : "Commissaire politique". »

Un soir, Hassan avait été appelé d'urgence par son beau-frère qui lui avait présenté trois enveloppes ouvertes.

— Lis ces lettres et dis-moi à qui elles sont adressées. Dis-moi aussi le montant de la somme qui est marquée dessus.

Hassan avait lu, plein de reconnaissance à l'égard de son beau-frère pour la confiance qu'il lui témoignait. La première lettre était adressée au colon du village, les deux autres à des harkis. Le beau-frère, militant clandestin, était chargé de porter ces lettres à leur destinataire. Or, comme il les avait mélangées par inadvertance et qu'il ne savait pas lire, il avait fait appel à Hassan pour ne pas commettre de bévue.

Un autre jour, Hassan avait été pris à part par un cousin de son père, un bon vivant qui fréquentait en cachette le bistrot du Français.

— Tiens, petit cousin, lis-moi cette lettre. J'ai confiance en toi.

Le papier portait un tampon rectangulaire rouge avec ces mots : « Commissaire politique », que Hassan ne put comprendre. Le texte, en revanche, était clair : on demandait au destinataire de s'acquitter d'une amende de dix mille francs, et on le mettait en demeure de renoncer à la boisson. La récidive appellerait une autre sanction, plus grave.

— Tu sais combien je gagne, petit cousin ? Vingt mille francs par mois... Allez, viens, on va prendre deux limonades pour oublier les misères de la vie.

Les deux frères enfilèrent leur burnous et se glissèrent sous les épaisses couvertures de laine, côte à côte. Le reste de la famille dormait dans la pièce voisine.

— Ma caserne se trouve juste en face de l'hôpital, le grand hôpital. Tu as déjà entendu parler de l'hôpital Mustapha. Je viendrai te voir souvent.

— Tu n'as pas ramené avec toi un revolver ?
— Un revolver !
— Eh ben ! Oui, une arme ! Tous les soldats sont armés.
— J'ai un couteau.
— À cran d'arrêt ou poignard ?
— Un cran d'arrêt.
— Fais voir.
— Je te le montrerai demain.

Lahcen, fatigué par le voyage, ne tarda pas à s'endormir. Hassan pensait au couteau. Il aimait les couteaux. Il avait toujours un couteau sur lui. Ça lui donnait l'impression d'être fort. Une fois, un garçon plus robuste que lui avait voulu le battre, Hassan avait alors sorti de sa poche un couteau à manche de bois. Il le serrait dans sa main, les mâchoires crispées. Son agresseur avait reculé jusqu'au mur. Hassan lui avait posé la pointe de la lame sur le nombril.

— Enlève ton couteau. Je voulais seulement plaisanter avec toi.

— Jure que tu ne m'ennuieras plus.
— Je le jure par Dieu.

Hassan le laissa partir. Le garçon fit une vingtaine de mètres, se retourna et lança :

— Si tu es un homme, viens te battre avec tes poings. Ne t'en fais pas. Je t'attraperai bien un jour sans ton couteau.

Son frère le poussait à se battre avec les garçons de son âge. Il n'intervenait pas, mais l'encourageait par ses cris et ses conseils : un coup de tête, un coup de poing, droite, gauche, un coup de genou, un croc-en-jambe, voilà, bravo ! Hassan se battait avec fougue et gagnait. Son frère le portait sur ses épaules et courait. Mais, un jour, Lahcen s'en alla en France. Demeuré seul, Hassan perdit toute assurance et ne sut plus se battre.

Quand, quatre ans plus tard, Lahcen était rentré de France, Hassan était tellement heureux de le revoir qu'il s'était mis à pleurer, intriguant son entourage par cette marque de faiblesse propre aux femmes.

Le retour de Lahcen n'avait pas fait plaisir au père. Non seulement le fils n'avait pas envoyé de mandat, mais encore il n'était revenu qu'avec une petite valise. Youssef était gêné ; son fils lui faisait honte. Tous les gens qui reviennent de France reviennent avec de grosses valises pleines de vêtements pour la famille, et avec de l'argent dans les poches ; autrement à quoi ça sert d'aller en France ? Il ne comprenait pas pourquoi son fils n'avait pas eu le comportement de tout le monde. Il se creusa la tête, et il conclut :

— Mon fils est jeune et beau, mais c'est un imbécile. Il s'est fait voler ses bagages sur le bateau ou en descendant du bateau. Voilà pourquoi il est rentré les mains dans les poches.

Les joies des retrouvailles épuisées, Lahcen commença à bâiller d'ennui. Aussi, un après-midi, après avoir cherché en vain le sommeil, il se redressa en soupirant, s'adossa au mur, essuya son front moite, respira profondément et dit à Fatim-Zohra qui cousait sur le seuil en face de lui :

— Mma, si vous ne me mariez pas tout de suite, je retournerai en France la semaine prochaine, et pour longtemps cette fois-ci.

Le soir même, Fatim-Zohra obtint de son mari l'autorisation de chercher une femme pour son fils. Ce ne fut pas difficile. Elle connaissait, en effet, toutes les filles à marier dans le village et à l'entour. Zahia, une paysanne de dix-huit ans, maigre et vive, lui plut tout particulièrement. Les deux pères se rencontrèrent au café, et le mariage fut décidé. Le commerçant, qui fournissait le trousseau de la mariée, consentit, sans réticence, un crédit. Lahcen enverrait l'argent de France, un peu plus tard.

La mariée, cachée sous un voile, arriva en taxi, accompagnée de deux femmes et d'une fillette. Un voisin la prit dans ses bras et la porta jusqu'à la maison. Fatim-Zohra l'accueillit avec un youyou discret, un seul, car il était malséant, en ces temps de douleur, de laisser sa joie éclater. Le jour suivant, au crépuscule, Lahcen dépêcha un ami auprès de Hassan pour savoir dans quelle pièce il rejoindrait sa femme. Entre frères, on ne pouvait parler de choses touchant au sexe.

— Je crois qu'elle sera dans la pièce qui se trouve à gauche.

Le messager porta avec diligence l'information, mais Lahcen le renvoya auprès de son frère pour plus de précisions.

— Quand tu dis à gauche, que veux-tu dire ? C'est à gauche quand on entre dans la maison ou quand on en sort ? Il y a une gauche par là et une gauche par là. Tout dépend de la direction dans laquelle on regarde. Tu comprends ce que je veux dire ? En ce moment, nous nous regardons, toi et moi. Eh ben, ta gauche, c'est ma droite ! Et ma gauche, c'est ta droite !

— C'est dans la pièce qui n'a pas de fenêtre, précisa Hassan.

Hassan se trompait. Car, à la toute dernière minute, les femmes avaient décidé que la nuit nuptiale aurait lieu dans l'autre pièce, plus spacieuse, plus confortable et nantie d'une fenêtre. Il n'y eut, cependant, ni confusion ni hésitation : quand le marié, son paquet de cacahuètes sous le bras, poussa la porte d'entrée, une vieille tante se porta à sa rencontre et lui indiqua de façon lapidaire la chambre où sa femme attendait. Hassan et son père passèrent la nuit chez des voisins.

Au matin, Hassan s'aventura dans la maison, l'air un peu gêné et ne sachant où poser son regard. Les femmes étaient autour de la mariée, très pâle, qui vomissait dans la cuvette.

Dix jours après, Lahcen repartit en France. Zahia, de plus en plus pâle, tomba malade. Ses parents vinrent la chercher. Sa mère la soigna. Elle guérit, mais ne retourna pas dans la maison de ses beaux-parents.

— Je ne veux pas que ma fille soit la servante de ces gens. Elle y retournera quand son mari reviendra de France.

Mis, par lettre, au courant de cette situation, Lahcen répondit à son père que sa femme pouvait rester chez ses parents tant qu'elle voulait. Il envoya des mandats pour payer le trousseau, puis, un jour, des papiers pour annuler le mariage.

Le père dit :

— Mon fils, avant de partir pour Alger, pourquoi n'emmènes-tu pas ton frère chez le médecin militaire du village ? On dit beaucoup de bien de lui. Et puis toi, tu es un militaire français ; tu parles bien français. Demande-lui de t'écrire une lettre pour les médecins d'Alger afin qu'ils s'occupent bien de ton frère.

Hassan n'était pas sorti de la maison depuis des semaines. Il était pâle et amaigri. Comme il faisait froid, sa mère lui couvrit les épaules d'un burnous blanc. Dès qu'il fut dans la rue, il l'enleva et en fit une boule qu'il mit sous son bras. Ils attendirent dans le couloir de l'infirmerie où des soldats avec des pansements passaient sans les regarder. Le médecin était grand, sa voix autoritaire. Il écarta les paupières de Hassan. Il posait des questions en français. Le frère traduisait en arabe. Hassan répondait en arabe. Le frère traduisait en français.

— Ton frère n'a jamais été à l'école ?

— Si, mon capitaine. Il a le certificat d'études, et il poursuit ses études au lycée de Sétif.

— Mais alors, pourquoi ne veut-il pas répondre en français à mes questions ?

Le ton était métallique, accusateur.

Hassan est assis sur sa petite valise métallique au fond du couloir. Il n'est jamais monté dans un train avant ce jour. Mais bien des fois, le samedi et le dimanche, en sortant du lycée, il lui est arrivé d'aller près de la voie ferrée pour attendre le train, échanger des signes d'amitié avec les voyageurs dont il enviait le sort. Au bout d'une demi-heure, son frère vient le chercher : il y a une place libre dans le wagon de queue. Le wagon est plein. Les voyageurs s'expriment en français, à voix basse. Lahcen, qui n'a pas de place, demeure dans le couloir. Hassan se momifie sur son siège et, à mesure que le train s'éloigne de Sétif, sa pensée revient vers cette ville qu'il aime, vers le lycée où il lui semble avoir laissé une part de son être.

Le jardin public, presque vide, était plongé dans le silence du soir. Hassan et ses camarades, les mains enfoncées dans les poches, flânaient dans les allées sombres en attendant l'heure de rentrer au lycée. Copiant des postures avantageuses apprises au cinéma, Ben et ses deux acolytes étaient assis sur un banc de bois, cigarettes aux lèvres. Les deux groupes feignaient de ne pas se voir. Tout à coup, au bout de l'allée, la fille rouge apparut sur ses patins, les joues rosies par le froid, les bras ouverts. On eût dit un oiseau fabuleux tombé des arbres. Ben posa sa cigarette sur le banc, se redressa, jeta un regard circulaire autour de lui, puis s'élança en direction de la fillette. Il l'enferma dans ses bras, la pressa sur sa poitrine, plaqua sa bouche sur la sienne avec rage. La fillette se débattit, tomba par terre et se mit à hurler. Ben s'enfuit avec un grand éclat de rire, suivi par ses deux compagnons.

— N'oubliez pas ma cigarette !

De l'endroit où ils se trouvaient, Hassan et ses camarades avaient pu observer toute la scène. Les parents de la fillette se précipitèrent sur eux, blafards, bégayant d'émotion. Leur fille pleurait derrière en se frottant les yeux.

— Ce n'est pas nous ! Ceux qui ont fait le coup viennent de se sauver. Mais nous savons comment ils s'appellent. Ils sont des internes comme nous au lycée.

— Où se trouve le lycée ?

— C'est par là, derrière le jardin.

— Ah ! Les enfants ! Nous ne sommes pas d'ici. Il y a tout juste une semaine que nous sommes arrivés de France.

Dans la voix de la femme roulait une boule de sanglots.

En revenant vers le lycée, Hassan et ses camarades avaient l'air bien agités.

— Ce n'est après tout que des Français ! Il ne fallait pas dénoncer nos camarades.

— Qu'est-ce qu'il a fait, Ben ? Il l'a seulement embrassée ! Il ne l'a pas tuée !

— Il va certainement être renvoyé du lycée.

— Et puis, merde pour Ben ! Il le mérite bien.

— Ça lui apprendra à nous dénoncer au surveillant...

Au petit déjeuner, deux élèves de seconde passèrent dans le réfectoire des cadets. Le surveillant, un Algérien fort athlétique qui ne portait que des vêtements moulants pour bien faire saillir la masse de ses muscles, fit mine de ne s'apercevoir de rien. L'air impénétrable, ils s'arrêtèrent devant quelques tables, chuchotèrent des paroles sibyllines. Et voilà le mot magique qui fit le tour du réfectoire, contournant une à une les tables occupées par les Français : « La grève, la grève de la faim ! Il ne faut toucher ni au pain, ni au lait, ni à la confiture. » La plupart des élèves entendaient ce mot pour la première fois. La grève. Il y avait dans ce mot comme un air de fête, une rupture dans l'ordonnance convenue des choses. On ne mangerait pas non par privation imposée de l'extérieur, mais par volonté de perturber l'ordre établi.

Très vite, une pluie de tartines épaisses et gluantes commença à tomber sur la tête de ceux qui s'étaient hasardés à toucher à la nourriture, par refus d'obéir à ce mot d'ordre étrange ou tout simplement parce qu'ils avaient faim comme chaque matin. Les couteaux et les cuillers se mirent à tourner dans les bols vides. Le tumulte s'enflait, prenait l'allure d'une sédition joyeuse. Les Français, leurs tartines à la main, regardaient autour d'eux, interrogateurs et inquiets.

On avait également décidé de boycotter les cours. Devant les salles de classe ne s'alignèrent que les Français et de rares Algériens que leurs coreligionnaires fusillèrent du regard. Une immense clameur s'éleva tout à coup de la cour des grands, noire de monde : « Avec nous ! Amran ! avec nous ! Amran ! » Les plus jeunes, qui ne savaient ni qui était Amran ni pourquoi on scandait ces paroles, emboîtèrent immédiatement le pas à leurs aînés, ravis de faire du chahut sous l'œil du terrible censeur, debout sur son balcon, avec sa tache rouge indélébile sur la tempe droite, souvenir d'un éclat de grenade reçu dans une salle de cinéma. On le disait sympathisant de l'O.A.S. pour la bonne raison que l'une des distractions préférées de son fils était de parcourir subrepticement les couloirs de l'établissement, le soir ou le matin de bonne heure, et de tracer sur les murs, au crayon rouge, les trois lettres de la peur ; lettres qui, aussitôt repérées par les Algériens, tombaient dans la dérision : l'Organisation de l'Armée Secrète se métamorphosait en « Organisation des Animaux Sauvages ».

Hassan réussit enfin à apercevoir Amran devant le bureau du surveillant général, entre deux valises et un gros sac. C'était un élève de seconde avec des moustaches très noires, qu'il connaissait déjà de vue. Il était pâle et semblait étranger à toute cette agitation.

Le mouvement de soutien au camarade renvoyé du lycée prit peu à peu l'allure d'une manifestation politique pagayeuse. On cria : « Vive l'Algérie algérienne ! vive Ferhat Abbas ! » et sur les murs et les portes des cabinets, entre de gros phallus dressés comme des fusées en partance, apparurent des drapeaux avec l'étoile et le croissant. À midi, le réfectoire demeura vide. Les séditieux s'assirent sur les marches au soleil, et trompèrent leur faim par des palabres, des illustrés, des jeux. Les externes revinrent avec du pain et de la galette dans leurs serviettes. On mangea dans la gaieté et jamais nourriture ne fut aussi délicieuse dans la bouche de Hassan.

Faute de nouvelles directives, beaucoup d'élèves retournèrent en classe l'après-midi. Les autres, mettant à profit la confusion générale, poursuivirent l'école buissonnière, cachés au fond des couloirs, dans les escaliers retirés, dans les encoignures obscures.

En entrant en classe, Hassan avait l'impression de revenir d'un haut fait d'armes. Il était plein d'assurance et avançait, la tête bien droite. Il toisa de haut ceux qui s'étaient dérobés au mouvement et, pendant le cours, tout à son excitation intérieure, il ne prêta aucune attention aux explications du professeur. Aussi, lorsque ce dernier le surprit par une question, il resta bouche bée. Il se gratta la tête, perplexe, puis, pressé de donner une réponse, lâcha une ineptie, ce qui lui valut, en plus d'un zéro prometteur d'une privation de sortie, les rires mortifiants des jaunes.

Le soir, au réfectoire, il soufflait un vent de boulimie. Tous — ceux qui avaient fait grève et aussi les autres, probablement par émulation — se jetèrent sur la nourriture avec l'énergie du désespoir. On racla les plats, on nettoya les assiettes avec le pain, et même les boulettes de viande — d'ordinaire dédaignées à cause des bruits qui couraient sur leur composition — furent avalées avec promptitude. Autour de la belle sauce rouge sang où elles baignaient éclata une dispute entre deux ex-grévistes, à la table voisine de celle de Hassan. S'estimant lésé dans le partage, Idel brandit sa fourchette en direction de Saci, le chef de table.

— Tu m'ajoutes une cuillerée ou je te crève !

Et comme Saci ne voulait rien entendre, son camarade lui planta une dent de sa fourchette dans la narine droite. On rit aux larmes, et, à l'infirmerie où Saci, accompagné d'un surveillant, se présenta en tenant la fourchette plantée dans son nez, l'infirmière, mafflue, partisane de l'Algérie française, l'accueillit avec des sarcasmes.

— Va donc te faire soigner chez Ferhat Abbas, lui lança-t-elle d'une voix peu charitable avant de le piquer à son tour.

Dans les rangs, au moment de rejoindre les dortoirs, Hassan et ses camarades se collèrent comme à leur habitude derrière les Français qu'ils avaient secrètement élus partenaires sexuels depuis le début de l'année. Ce soir-là, leur libido, décuplée par la flamme révolutionnaire, était dévastatrice. Messaoud, un gringalet déchaîné, reçut à l'endroit par où il péchait le puissant genou de son voisin, excédé par son manège sans équivoque.

Au dortoir, les nuits semblaient à la plupart des élèves pleines de périls. Il y avait les agressions sexuelles perpétrées par des commandos discrets et solidaires contre ceux qui avaient le sommeil lourd ou qu'on savait sans défense. Il y avait les fantômes, tapis dans les lavabos, les cabinets, les vestiaires.
Pour plus de sûreté, Hassan veillait à bien border son lit avant de se glisser entre les draps. Pour ne pas avoir à traverser le dortoir dans l'obscurité, il retenait son envie d'uriner, quitte à souffrir mille maux. Une nuit, cette envie fut tellement tyrannique qu'il dut se soulager sur le carrelage, sous le lit, couché sur le flanc et lâchant son urine par jets intermittents. La descente de lit, bien épaisse, lui servit de serpillière et le tira d'embarras.

Au dortoir des sixièmes, personne n'aimait Lafari. Lafari dépassait ses camarades d'au moins une tête, et son bas-ventre, comme on avait pu le vérifier le jour de la visite médicale, était noir de poils bouclés. Après lui avoir palpé à pleines mains les testicules, le médecin, une femme à lunettes, lui avait dit en souriant :

— Je parie, mon enfant, que papa a oublié de te déclarer l'année de ta naissance.

Si quelqu'un se moquait de lui en faisant allusion à sa taille, il devenait cramoisi et tapait fort. Il se servait de ses cuisses comme d'un étau pour emprisonner l'impertinent.

L'affaire avait débuté par une plainte du voisin immédiat de Lafari.

— Monsieur, il m'a volé mon stylo.

Puis, sans qu'il y ait eu concertation préalable, une frénésie accusatrice s'empara de l'ensemble des élèves. On chargea le malheureux Lafari de tous les vols d'objets, effectifs ou imaginaires. Avec les brosses à chaussures, les boîtes de cirage, les serviettes de toilette, les ceintures, les peignoirs de bain, les shorts, les « baskets », qu'il aurait subtilisés à ses pauvres camarades, il y avait, en effet, de quoi remplir deux grosses valises. Il n'y eut, en fait, que les Français qui n'eurent rien à reprocher au grand voleur du dortoir des sixièmes. Pour châtier le coupable et le guérir à jamais de sa kleptomanie, le surveillant, impitoyable, décida de lui infliger l'avanie suprême. Tous les élèves, y compris ceux qui n'avaient pas formulé de plainte, étaient debout au pied de leur lit en pyjama, et Lafari, en larmes, venait s'agenouiller devant chacun d'eux, implorait son pardon en l'appelant Monsieur, et faisait le serment de ne plus le voler.

II

Alger. La ville était tout à fait noire. Elle semblait déserte à Hassan, accroché au bras de son frère. Chaque fois que la lueur d'un phare perçait l'opacité des ténèbres, il avait l'impression que la ville chavirait autour de lui, à la manière d'un vaisseau dont il ne percevait pas les contours.

Le hammam exhalait une odeur de moisissure où flottaient des relents de cuisine. La chambre était nue, le matelas posé à même le ciment. La soupe était tiède ; son aspect et sa fadeur découragèrent les deux frères.

— Demain, on prendra un bon petit déjeuner avec des croissants, dit Lahcen en allumant une cigarette.

Hassan s'écroula comme une masse, insensible aux piqûres de punaises. Mais, à plusieurs reprises, il fut réveillé en sursaut par des explosions. Son frère ne dormait encore pas. L'inconnu du premier étage ronflait toujours avec la même force. <u>Hassan avait peur de la nuit d'Alger.</u>

L'hôpital Mustapha, pavillon Panasse. L'infirmier avait l'accent chantant des régions du Sud. Hassan lui tendit le thermomètre après avoir fait semblant, par quelques contorsions étudiées, de l'extraire de son anus. L'infirmier examina le thermomètre, puis fixa le malade avec suspicion. Hassan avait remonté le drap jusqu'au menton et, pour ne pas se trahir, fermé les yeux.

— Veux-tu bien me dire où tu as mis ce thermomètre ?

Hassan ouvrit lentement les yeux.

— Là où ça se met.

— Et c'est où, là où ça se met ?

Le ton était rude, comminatoire.

— Tiens, et mets-le devant moi là où ça se met. Attention, le gosse ! Ici, tu n'es pas chez ta mère. Avec Ali Benkriou, on ne plaisante pas. Quand je t'apporte le thermomètre, place-le dans ton cul et non sous tes couilles. On m'a déjà fait ce coup. Prends garde, le gosse.

Titine arriva avec le chariot du petit déjeuner en fredonnant une chanson. Comme la chambre de Hassan était au bout du couloir, elle s'assit sur le lit et posa quelques questions au nouveau malade afin de satisfaire sa curiosité.

— Comment t'appelles-tu ?
— Hassan.
— Moi, c'est Titine. Appelle-moi Titine. N'est-ce pas que c'est joli !
Elle se mit à rire.
— Bois ton café. Il va refroidir. Tu vas à l'école ?
— Oui, au lycée.
— Ah ! Le lycée ! Moi, mon papa avait le baccalauréat. Le baccalauréat ! La semaine prochaine, je t'apporterai un pantalon.
— Mais, j'ai un pantalon, Madame.
— Ça ne fait rien. Ça t'en fera un de plus. J'en ai plein à la maison que mes enfants ne portent plus parce qu'ils ont grandi. Je t'en choisirai un beau.
— Je ne manque pas de pantalons, Madame.
— Appelle-moi Titine. Allez, au revoir. J'ai du travail qui m'attend à la cuisine.
— Je vous jure, Madame, je n'ai pas besoin de pantalon.

Titine s'éloigna en chantant, légère derrière son chariot, glissant sur un nuage invisible.

L'autre lit de la chambre fut bientôt occupé par un garçon de l'âge de Hassan, admis en urgence, un soir. Un œil crevé par une flèche au cours d'une poursuite entre cow-boys et Indiens dans la banlieue de Boufarik.

— Je me suis un peu éloigné de mes compagnons. L'Indien était embusqué derrière un arbre ; je ne l'ai pas vu.

Hassan lui rangea ses affaires, lui donna l'urinal et le bassin, mais quand le cow-boy l'invita, le plus naturellement du monde, à lui torcher le derrière avec une feuille de papier, il eut un mouvement de recul. Un tel manque de pudeur le laissait chancelant. Jamais au grand jamais, pour sa part, il n'aurait osé demander pareil service à quelqu'un.

La mère du cow-boy était encore plus étonnante : elle portait le voile, voyageait seule en autobus et parlait français avec les infirmières, une femme comme Hassan n'en avait jamais rencontré dans son village. Elle apportait, dans un couffin protégé d'une serviette, de petits plats savoureux qu'elle partageait entre son fils et Hassan. Elle ne restait pas longtemps : l'heure de l'autobus avait été avancée à cause de la route qui n'était plus sûre.

— Puisse Dieu te guérir, mon fils ! Guéris vite pour revenir à la maison. Chaque jour, il y a des morts dans cette ville. Et toi aussi, mon enfant, que Dieu te rende à ta famille, avec tes yeux !

Saïd n'aimait pas les chaises. Il s'asseyait à croupetons au pied du mur et parlait fort en usant d'expressions paysannes. C'est le chien du colon chez qui son père travaillait qui l'avait mordu au visage, emportant une partie de la paupière.

— Alors, Hassan ! Qu'est-ce qu'il a dit le poste ? Toi, tu comprends bien le français.

— Il a dit : « La guerre est finie, c'est le cessez-le-feu ! »

Saïd balança la tête comme pour dire : « Ce n'est pas vrai ! » Puis, sans transition, il parla de la gentillesse de Titine et du beau pantalon qu'elle lui avait apporté. Il le trouvait un peu large, mais cela lui était égal. À son retour à la maison, sa mère le lui arrangerait.

— Si tu veux, je te donne aussi le mien, proposa Hassan.

— Et moi aussi, ajouta le cow-boy.

Saïd était ravi. Ça lui faisait trois pantalons presque neufs. Il en donnerait un à son frère.

— Et alors ? Ce que le poste a dit, c'est vrai ? Tu crois que la guerre est vraiment finie ?

Il jeta un œil vers la porte, puis tira de sa poche une boîte de tabac en métal blanc. Il y puisa une grosse pincée qu'il cala avec volupté entre sa lèvre et sa mâchoire inférieure.

— Ce que je ne comprends pas dans cet hôpital des yeux, dit-il comme en parlant à lui-même, c'est les yeux qu'on arrache comme ça. Dieu me protège ! On ne m'a pas enlevé mon œil. À toi non plus, Hassan. Mais ton copain, le pauvre, il n'a plus qu'un œil. Et dans ma chambre, il y a Nigrou. Il n'a plus qu'un œil. Mais lui, il s'en moque. Il couchait sous les camions. Il n'a pas de maison. Quelqu'un est venu la nuit. Il l'a frappé avec un gourdin, sur la tête. Le pauvre Nigrou ! Et dans la chambre à côté de la tienne, il y a l'Indochine. Lui aussi, il n'a plus qu'un œil. Tu l'as bien entendu : « Mon œil ! Mon œil ! Oh ! Ma tête ! Où est mon œil ? » L'infirmier lui a dit : « Ton œil, il est dans une bouteille. » Et depuis, il n'a plus crié. Et celui qui vient de Bouïra, lui aussi, on lui a arraché son œil. Mais lui, il ne dit rien. Il soupire, la main posée sur son œil vide. C'est un garçon de douze ans, il dit, qui lui a lancé une pierre, juste dans l'œil, parce que lui et le père du garçon se sont disputés. Mais il a sept frères. Il dit que cela ne va pas se passer comme ça. Écoute, mon frère Hassan, demain, tu viendras avec moi. Nous irons nous promener dehors. Je t'emmènerai du côté de l'hôpital des fous. Ce n'est pas loin, juste derrière. On écoutera les cris des fous. Ça fait peur. Mon oncle, le frère de mon père, était fou. Il ne criait pas ; il chantait la nuit en marchant sur la route. Et quand les soldats sont arrivés au village, chaque nuit, mon père lui attachait les pieds et les mains avec une corde pour qu'il ne sorte pas. Et, sur la bouche, il lui nouait un foulard. Un jour, il a rompu la corde avec sa force ; il est sorti en chantant dans la nuit, et les soldats l'ont abattu... Nigrou dit qu'il y a un médecin qui mange les yeux des gens qui viennent se faire soigner chez lui. Tu crois que c'est vrai ?

Sans modifier sa posture, Saïd parlait avec volubilité et chiquait jusqu'à l'apparition du veilleur. Il saluait alors poliment et se retirait dans sa chambre.

La radio appartenait à un commerçant d'Alger, bien gras et imbu de sa personne, hospitalisé dans l'espoir de réduire un tic qui lui donnait, à sa grande confusion, des clignements d'œil frénétiques chaque fois qu'il se mettait à table. Il en était même arrivé, pour ne pas avoir à rougir devant sa mère, sa sœur et sa femme, à prendre ses repas en solitaire, ou le regard caché derrière des lunettes noires. Un jour, dans un restaurant, l'inconnu attablé en face de lui avait pris en mauvaise part ce signal et s'était empressé de changer de place.

Le commerçant ne daignait pas toucher à la nourriture de l'hôpital, trop fade à son goût.

Sa part, il la partageait entre ses voisins, ne gardant pour lui que le dessert. Sa mère, sa sœur et sa femme, toutes voilées de blanc et parfumées, lui rendaient visite l'après-midi. Elles déposaient sur son épaule un baiser plein de respect et, sur sa table de nuit, au moins deux plats algérois dont le fumet mêlé d'ail, de poivre, de cumin, de cannelle, de piment, de laurier, faisait renifler et saliver les malades. Il s'installait sur sa chaise, le buste droit, et, bien séparé de ses voisins par la haie de ses visiteuses, toujours en verve, il mangeait et poussait des soupirs d'aise. À la fin, il essuyait sa bouche avec une serviette à raies et remerciait à haute voix le Seigneur des Cieux et de la Terre pour ses bienfaits et sa miséricorde qui ne connaît pas de limites. Les femmes rangeaient les ustensiles vides dans le panier, posaient une nouvelle fois leurs lèvres délicates sur l'épaule du malade chéri, souhaitaient à la cantonade la guérison à tous et se retiraient.

— L'Indépendance, mes enfants, c'est quelque chose de très beau, dit le commerçant enfoncé dans un oreiller brodé de soie ramené par sa femme en dépit du règlement de l'hôpital.

Une toux caverneuse secoua Nigrou jusqu'à lui couper le souffle.

— Toi, Nigrou, par exemple, aujourd'hui, tu

vis dans la rue, tu es un clochard ; eh bien, demain, quand l'Indépendance sera là, tu auras une maison, avec l'eau, l'électricité, le cabinet, et tu pourras te marier, avoir des enfants.

— Je veux un palais ou rien d'autre, dit Nigrou avec sérieux.

— Si tel est ton vœu, nous l'exaucerons, poursuivit le commerçant sans se démonter. Des palais, on en construira à foison, avec du marbre, de l'or, des jets d'eau. Et il y aura des jardins, des vergers, des troupeaux, et les minarets seront aussi nombreux que les étoiles du ciel. Tout redeviendra comme avant. Ça sera comme au paradis. Chaque homme, sur cette terre, verra ses désirs réalisés. Si tu veux un champ, tu auras un champ ; si tu veux un cheval, tu auras un cheval ; si tu veux un magasin, tu auras un magasin ; si tu veux une automobile, tu auras une automobile.

— Je veux un palais, dit Nigrou.

— Je veux un vélo, dit Saïd.

— La paix me suffit, dit un vieux paysan du Chélif qui avait écouté le commerçant avec un sourire au-dedans de lui-même.

— Moi, quand l'Indépendance sera là, j'irai à La Mecque, dit rêveusement Amar, l'agent de l'étage, appuyé au chambranle de la porte.

— La France nous a interdit beaucoup de choses, mais elle n'a jamais touché au pèlerinage. J'ai déjà été trois fois à La Mecque, et c'est beau d'aller à La Mecque.

— Ça doit être encore plus beau d'aller à La Mecque et de revenir dans son pays indépendant.

— On dit que les pigeons de La Mecque font leurs crottes sur toutes les maisons de la ville, mais jamais ne s'approchent de la vénérable Kaaba.

— On ne crotte pas sur la maison de Dieu. La maison de Dieu est pure.

— Alors, les pigeons de La Mecque savent que la Kaaba, c'est la maison de Dieu ?

— Ne blasphémez pas, mes enfants. Dieu a le pouvoir d'inspirer sa créature.

— J'ai toujours rêvé d'aller à La Mecque. J'ai envie de laver mes os : j'ai beaucoup péché dans ma jeunesse.

— Qui peut se vanter de n'avoir pas péché dans sa jeunesse ? La jeunesse, c'est l'âge du péché. Dieu est clément et miséricordieux.

— J'ai péché beaucoup, poursuivit Amar sur le ton de la confession publique.

— Nous avons tous péché.

Le commerçant ferma les yeux.

L'oasis natale, la palmeraie de son père. Il portait une robe festonnée de soie, à larges échancrures, toujours de la même couleur, bleue. Il était plus clair de peau que les autres enfants — sa mère venait du Nord —, plus propre, et ses cheveux étaient lisses. Le maître coranique le faisait asseoir près de lui. Jamais il ne le battait, ni ne le grondait. À la fin du cours, il le retenait, le caressait d'une main tremblante, murmurant d'étranges paroles. Parfois, il l'installait sur ses genoux, l'enserrait de ses bras. Il gémissait, haletait, ne relâchait son étreinte qu'après avoir exhalé un gros soupir humide dans le cou de l'enfant. Il se laissait ensuite aller en arrière et, de la main, faisait signe à l'enfant de partir. L'enfant gagnait la maison de ses parents, troublé, ne parlait à personne du comportement de son maître. Quand le maître passait au magasin de son père, pour faire des achats ou pour recevoir ses honoraires, il le flattait en public, la main posée sur sa tête. L'enfant n'osait pas le regarder en face. Il restait comme paralysé, les yeux baissés. Son père le secouait par le bras.

— Mais qu'attends-tu pour baiser le front de ton maître !

Un après-midi, juste avant de rejoindre l'école, trois garçons de son âge lui barrèrent le chemin en l'appelant par un prénom de fille.

— Que me voulez-vous ?

— T'enfiler comme t'enfile le maître.

Il reçut ces mots comme un coup de fouet, fit un bond en arrière. Une flamme lui prit le visage, déboula dans son corps. Il se précipita sur l'un des garçons, l'agrippa au cou avec ses deux mains, le secoua avec une telle fureur qu'il le fit tomber par terre. Les deux autres s'enfuirent. Sans desserrer l'étau de ses mains, il martela avec ses genoux le torse du garçon, dont les yeux, fous de terreur, papillonnaient. Un passant accourut et réussit à lui faire lâcher prise. Il n'alla pas à l'école. Il s'enfonça entre les palmiers, erra jusqu'au soir, les poings crispés. Le lendemain, il récita mal son Coran, cassant, un à un, les versets, déformant les multiples attributs d'Allah avec un air de défi. Le maître le félicita pour sa bonne récitation, mais, une fois seuls, après le départ des élèves, il lui dit :

— Que se passe-t-il, mon enfant ? Ce soir, tu as mal récité.

— C'est exprès ! répliqua sèchement l'enfant.

— Ce n'est pas bien. Tu ne devrais pas. C'est péché de déformer le Coran.

— Je m'en moque.

Le maître avança la main pour le caresser. L'enfant recula, le visage fermé, le regard dur.

— Si tu me touches encore, je dirai tout à mon père !

Sa voix frêle tremblait. Cette phrase courait dans sa tête, lui brûlait la gorge depuis la veille. Mais, maintenant qu'il l'avait jetée à la figure du maître, il avait peur. Il recula jusqu'au mur, et dans le même moment, quelque chose avait déjà changé en lui. Une volonté farouche, dont il ne saisissait pas la nature, prenait corps dans son être. Le maître était déjà sur lui, le bâton à la main, cramoisi d'indignation, massif, vociférant.

— Scorpion ! Qu'oses-tu insinuer ? Retire-toi de ma vue ou je te brise les os !

L'enfant rentra chez lui, content. Des pensées, des images mal définies, qu'il pressentait impératives et folles, bourdonnaient dans son esprit.

L'enfant ne parla à personne de son aventure. Dans les mois qui suivirent, il s'appliqua à l'étude du Coran et ne négligea aucun effort pour faire plaisir au maître. Il devint l'intime du fils du maître qui avait son âge. Il le comblait de chatteries : des dattes, des dragées, des biscuits ramenés, chaque jour, de l'épicerie de son père, dans ses poches. L'enfant avait changé sa robe bleue contre un pantalon bouffant à raies noires et blanches, et un gilet avec des boutons de cuivre. Il était grand, élancé, de plus en plus beau. À l'heure de la sieste, les deux enfants se retiraient sous les palmiers, à l'abri des regards indiscrets et partageaient les friandises avec des sourires de complicité. Le fils du maître avait les yeux doux, les cheveux bouclés, emmêlés comme s'il avait couru dans le vent. L'enfant se couchait sur lui, et son sexe, humecté de salive, glissait dans l'anus.

L'enfant était devenu un familier de la maison du maître. La femme du maître l'appréciait beaucoup pour sa politesse, sa beauté. Il apportait toujours quelque chose avec lui : du pain au sésame à la croûte dorée préparé par sa mère, des œufs, une petite corbeille de fruits. Il lui arrivait même de passer la nuit dans la maison du maître, sur la natte commune et sous la couverture commune.

La femme portait un tatouage sur le front, une couronne de feuilles bleues. Ses yeux étaient noirs, brillants. L'enfant frémissait de désir chaque fois qu'elle plaquait ses lèvres charnues et chaudes sur ses joues pour lui souhaiter la bienvenue. Elle lui offrait une tasse de café et, parfois, ils étaient seuls. Ses yeux paraissaient encore plus brillants. Elle plaisantait.

— Tu es maintenant un homme. Ta mère est sûrement en train de te chercher une fille.

Elle lui prenait le poignet, le serrait pour juger de sa vigueur, de sa virilité. Il sentait son sexe se durcir.

L'enfant était entré dans sa quinzième année

au moment où il avait parachevé l'étude du Coran. Il connaissait sur le bout des doigts les soixante chapitres du Livre. Il les psalmodiait avec le ton et le rythme qu'il fallait, sans une seule fausse note. Le maître en était fier. Pour fêter l'événement, le père organisa, dans sa maison, une cérémonie avec le maître comme hôte d'honneur. Après le repas, l'enfant et le maître, tous deux vêtus d'une robe blanche festonnée de soie — présent du père —, récitèrent, dans une harmonie parfaite, les sept derniers chapitres du Coran. À minuit, l'enfant baisa la tête du maître, puis l'accompagna à sa maison. Le maître parlait de Dieu ; l'enfant buvait ses paroles.

Le lendemain, l'enfant apporta à la femme une robe coupée dans ce tissu nouveau qu'on appelait vague de mer. C'était un présent d'hommage choisi par sa mère. La femme était seule dans la maison. Elle se retira dans la pièce voisine pour essayer la robe. Au bout d'un moment, elle appela l'enfant. Elle était dans sa nouvelle robe, étendue sur une natte, les cuisses ouvertes, le sexe en attente. Il la pénétra avec une impétuosité douloureuse. Les yeux fermés, elle gémissait, elle bénissait.

Un matin d'automne, le maître coranique ne se réveilla pas. Les voisins accoururent. Il était mort, et personne ne savait pourquoi. La veille encore, il avait récité, en duo avec l'enfant, sept chapitres du Livre. Aidé par un vieux du village, l'enfant creusa la tombe. Le soleil était déjà haut, et le fer de la pioche cognait avec force sur la terre durcie par l'été. Quand le vieil homme retourna au village pour la levée du corps, l'enfant se coucha au fond de la tombe, les paupières closes. La fraîcheur de la terre parcourut ses membres épuisés, l'inonda de volupté.

Au crépuscule, il revint au cimetière où rien ne bougeait. L'ardeur du jour était à présent apaisée. Il avançait comme un somnambule sans prendre garde où il posait les pieds. Il foulait les tombes, à peine visibles entre les cailloux et les buissons desséchés. Il s'approcha de la tombe neuve avec ses pierres dressées et, lentement, il dégrafa sa braguette.

L'enfant marchait dans les dunes, titubant. Il avait mal à son sexe, dans son corps, dans sa tête. Le mal montait de la terre, entrait en lui, grandissait, incandescent, comme un tourbillon de guêpes affolées. Il voulait courir, mais la nuit pesait sur lui, menaçait de l'enfoncer sous terre.

À l'aube, il s'assit sur une pierre au bord d'un petit étang, à l'intersection de deux seguias. Il y avait maintenant un grand silence dans son corps. Autour de lui, l'univers changeait d'aspect. Il regardait la lumière qui venait se poser sur les palmiers, sur son visage, sur ses mains, sur l'eau qui coulait à ses pieds. Elle était légère et apportait à toute chose sérénité et beauté. Il s'agenouilla au bord de la seguia, jeta sur son visage de l'eau avec ses mains réunies, puis se tourna vers l'Orient, les paupières baissées. Quand il ouvrit les yeux, le ciel, la terre, les arbres, les pierres avaient disparu. Seule l'eau continuait à murmurer tout près de lui. Il avança la main, tâta le bord de la seguia, caressa l'eau.

Le commerçant d'Alger releva les paupières doucement.

— Seigneur ! Ta miséricorde !

Amar et les malades, toujours à leur place, étaient plongés dans un silence méditatif. Hassan ressentait un trouble. Il ne savait pas qui de l'agent d'étage ou du commerçant d'Alger venait de raconter cette histoire, sacrilège d'un bout à l'autre. Personne, peut-être, n'avait rien avoué de tel. Ne serait-ce pas lui, pendant que les autres parlaient, qui avait dû inventer tout cela à partir de bribes de récit captées çà et là, de souvenirs tenus secrets, de désirs tournant à vide !

Les jours et les nuits étaient ponctués par le claquement des armes automatiques et le rugissement des sirènes des ambulances. Les commandos Delta étaient déchaînés, secoués par une folie meurtrière. On tirait des hauteurs de la ville sur les quartiers arabes. On mitraillait les camions pleins d'ouvriers, au retour des chantiers. On abattait à bout portant les enfants qui continuaient à jouer sur les trottoirs. On torturait dans les caves et on jetait les corps mutilés dans les caniveaux. On dévalisait les bureaux de poste. On mettait le feu aux édifices publics.

L'hôpital se vida peu à peu. Le cow-boy, conseillé par sa mère, choisit un œil de verre et s'en alla. Saïd, Nigrou, le commerçant d'Alger et beaucoup d'autres qui n'étaient pas tout à fait guéris préférèrent rentrer chez eux. On était plus sûr chez soi, dans son quartier, dans son village, parmi ses frères, que dans cet hôpital ouvert à tous les vents, fourmillant d'employés français de toute évidence plus proches de l'O.A.S. que du F.L.N. Les employés arabes se firent de plus en plus rares. Hassan, qui voyait mieux alors, aidait Titine à la cuisine et au réfectoire. Elle le récompensait par des assiettes bien garnies et un double dessert.

L'œil protégé par un léger pansement, Hassan errait tout seul dans les couloirs du pavillon, s'allongeait sur les lits inoccupés ou le marbre de la salle d'attente, parlait avec l'infirmière indochinoise qui continuait à assurer les soins, s'amusait à monter et à descendre en ascenseur. Parfois, il entrait dans le bloc opératoire déserté, se couchait sur le chariot des opérés.

On ne lui avait fait qu'une anesthésie locale, et il avait crié durant tout le temps de l'opération. Il avait appelé sa mère, son père, imploré Dieu et le médecin, mais rien n'était venu abréger ses souffrances. Les médecins et leurs assistants discutaient tranquillement autour de lui : les dernières bombes, les magasins qui ferment, le Kairouan plein à craquer, Maison-Blanche noire de monde, Pompidou, Rocher-Noir, la condamnation du général Jouhaud, la pendaison d'Eichmann et ses cendres jetées en mer...

Et Hassan seul au cœur de sa douleur, crucifié par la tête à un arbre de fer, nu face à la pitié du monde qui se refuse. Vient le moment où l'on arrache le clou. Exsangue, la conscience s'enroule sur elle-même, se love dans une torpeur réconfortante, comme dans ces moments de lassitude et de silence qui suivaient, jadis, les terribles corrections du père. Le tapis bouge, plane, descend en douceur, accompagné par une mystérieuse voix de femme qui tombe sur la blessure comme un baume, une pluie amicale : « On s'est connu, on s'est reconnu, on s'est perdu de vue, on s'est reperdu de vue, on s'est retrouvé, on s'est séparé, puis on s'est réchauffé, chacun pour soi est reparti dans le tourbillon de la vie... »

Cathy arrivait, l'après-midi, ses cheveux noirs répandus sur son dos. Elle avait l'âge de Hassan. Son école, qu'elle n'aimait pas, était alors fermée. La villa de son père, fonctionnaire important de l'hôpital, jouxtait le service ophtalmologique. Elle se rendait tout droit dans la chambre de Maurice, un Martiniquais élève sous-officier. Hassan la suivait malgré lui, s'approchait doucement de la porte de la chambre, puis s'en éloignait, à pas lents, oppressé. Elle le retrouvait sur le perron. Elle s'asseyait en face de lui sur une corniche de ciment, le dos contre un pilier, les genoux redressés et écartés. Elle frottait sa cuisse avec ostentation. Il imaginait ou entrevoyait la culotte blanche, et son trouble s'accroissait. Elle riait. Elle était heureuse. Elle se moquait de tout : bientôt elle partirait en France avec ses parents.

La chambre voisine de celle de Hassan était occupée par un Algérien et un Français qui passaient leur temps à fumer et à parler de politique. Souvent, la discussion s'envenimait. Ils s'échauffaient, rehaussaient le ton, s'envoyaient des injures à la figure.

— Tout ce que nous avons fait, vous allez le prendre. Ce pays, c'est nous qui l'avons fait. C'est mon père qui l'a fait. Et maintenant vous allez tout nous prendre. Tu entends, c'est toi le gagnant, et moi le couillon.

— Que veux-tu que je te prenne ? Je suis un couillon comme toi, un simple gargotier, tu le sais bien.

— Je ne sais pas si tu es vraiment un gargotier, mais je sais que tu es un Arabe. Ça saute aux yeux. Et même je me demande si tu n'es pas un fellaga, comme les autres. Et dire que vous allez tout nous prendre : nos belles maisons, nos voitures, nos jardins, et ma boulangerie.

— Et ta sœur !

— Tout va finir entre les mains des Arabes. Tu es de Marengo. Donc, tu connais la Mitidja. Eh bien, sais-tu ce que c'était la Mitidja avant notre arrivée ? Je vais te le dire : un nid de moustiques et de serpents. Il y a des professeurs qui ont écrit des livres d'histoire. Et maintenant, vois-la, la Mitidja, comme elle est : une mariée dans son voile ! Et dire que tout cela va revenir aux Arabes !

— Les Arabes te disent merde ! Suffit ! Si vous aviez été plus justes...

— Eh oui, Monsieur ! Moi, j'ai été juste. Je n'ai jamais volé personne, même les Arabes. J'ai travaillé dur, et mes ouvriers arabes, je les paie bien.

— Tu sais pourquoi je suis gargotier ? Tu sais pourquoi je passe mes journées à griller des bouts de viande et mes doigts avec ? Parce que la France n'a pas voulu de moi dans son administration ! Et pourtant, j'ai mon certificat d'études ! Maintenant, je ne l'ai plus : je l'ai déchiré puisqu'on ne voulait pas de moi. Je te jure que j'ai mon certificat d'études.

À tout moment, Hassan s'attendait à les voir en venir aux coups. Mais les esprits se calmaient et la conversation redevenait amicale. Le gargotier algérien et le boulanger français finissaient par trouver un point d'accord en reconnaissant leur impuissance face aux forces mystérieuses de l'Histoire qui les dépassaient et façonnaient leur destinée.

Les deux bombes explosèrent dans la matinée à quelques minutes d'intervalle, tout en haut de l'hôpital, dans un important service de radiologie. L'agitation s'empara des malades qui étaient encore là, parce que personne n'était venu les chercher ou que leur état était tel qu'ils ne pouvaient quitter l'hôpital : « Après les appareils, ça sera le tour des malades. Ils sont des assassins ; ils sont des fous ; ils n'épargnent personne ; ils tirent même sur les enfants qui jouent dans la rue. » L'hôpital était sans surveillance. On y entrait en toute liberté.

À dix heures, plusieurs autobus se rangèrent dans la cour de l'hôpital, escortés par des militants du F.L.N. sans armes apparentes. On y fit monter les malades, et on chargea avec promptitude sur le toit des véhicules des dizaines de matelas, des piles de draps et de couvertures directement lancés des étages. Hassan avait confiance dans ces hommes. Il ignorait cependant la destination du voyage. Les autobus roulaient en convoi serré dans les rues désertes. Son voisin, le gargotier de Marengo, lui nommait les lieux.

Maison-Carrée, la Cité, la Montagne. Les deux premiers cars pénétrèrent dans l'enceinte d'un centre d'apprentissage en préfabriqué. Un groupe de jeunes filles parées aux couleurs algériennes — vert, blanc, rouge — firent une ovation aux malades qu'elles aidèrent à descendre avant de les répartir à travers les salles de classe aménagées en dortoir. Un homme en blouse blanche demanda à Hassan son âge, réfléchit un instant, puis le dirigea vers la salle des enfants. Les matelas étaient alignés côte à côte sur des couvertures étalées à même le sol. Une allée centrale, où trônait une table en bois massif flanquée de deux bancs, séparait les sexes.

À midi, alors que les enfants étaient à table, deux hommes firent leur entrée. Le premier, en costume noir et lunettes de soleil, fumait le cigare. Le deuxième, en jean et chemise à carreaux, avait le buste barré par une mitraillette étincelante. L'homme à lunettes regarda l'infirmière assise au bout de la table, expulsa théâtralement une bouffée de fumée et dit :

— Les enfants, ici, vous ne devez pas avoir peur. Rien ne pourra vous arriver. Ici, vous êtes dans l'Algérie indépendante. On va bien s'occuper de vous...

— Les chiens de l'O.A.S., c'est fini, coupa l'homme à la mitraillette. Qu'ils viennent donc par ici !

Il tapota le canon de son arme.

— Nous avons vaincu la France, reprit l'homme à lunettes, martelant les syllabes.

Son agacement était visible : il était le chef du centre et ne supportait pas qu'on l'interrompît. Il tira avec ostentation sur son cigare et ajouta :

— Notre pays est maintenant libre. Nous avons beaucoup de médecins algériens, et ce sont eux qui vont venir vous soigner. Et tous, vous allez guérir.

— Est-ce que moi aussi je guérirai, mon oncle ? demanda un jeune garçon assis dans un fauteuil roulant près de l'infirmière.

L'homme à la mitraillette ne laissa pas à son compagnon endimanché le temps de répondre.

— Qu'est-ce qu'il t'est arrivé pour être paralysé comme ça ?

— Je ne sais pas. J'étais tout petit. Un médecin m'a fait une piqûre et je n'ai plus marché depuis.

— Quel est le nom de ce médecin ?

— Je ne sais pas. J'étais à Bône.

— C'est un Français sûrement.

— Oui, c'est un Français.

— Quand tu seras guéri et grand, on t'enverra le chercher, et il sera jugé pour ses méfaits, comme les Juifs ont fait avec Eichmann.

— Alors mon oncle, je vais guérir !

— Tout le monde guérira dans l'Algérie indépendante. Dans l'Algérie indépendante, tout le monde se portera bien. Quand on a un si beau drapeau, on ne tombe pas malade.

L'homme à lunettes ne put retenir un mouvement d'impatience. Il se retira, les sourcils froncés.

— Mon oncle, je peux toucher ta mitraillette ?

D'un coup sec, l'homme replia le chargeur et approcha l'arme du garçon qui glissa ses mains sur la crosse et le canon. L'infirmière souriait. Les autres enfants regardaient avec envie ou étonnement.

Hassan passait ses journées dans la salle des adultes, équipée de petits lits métalliques, de portemanteaux et de chaises en guise de tables de nuit. Les heures s'écoulaient en palabres entre les malades sans soins et les infirmiers désœuvrés, faute de prescriptions médicales et de médicaments. L'un des malades, atteint d'une entorse à la cheville, était un ancien pensionnaire du pénitencier d'El-Harrach. Il fascinait Hassan par son accent, ses récits et la crudité de son langage qui effarouchait les infirmières. Condamné à vingt ans de prison, il avait profité de la désorganisation générale due au cessez-le-feu pour s'évader en sautant du haut d'une muraille. Sans papiers, sans famille et le pied douloureux, il avait été recueilli par les militants du F.L.N. On lui avait promis, sitôt la situation politique clarifiée, un billet d'avion pour retourner parmi les siens à Casablanca.

— Ne l'écoute pas, petit, disait à Hassan le gargotier de Marengo. Les gens de son espèce, je les connais. Il dit qu'il a été mis en prison pour avoir tué un Français, et qu'il a été dénoncé à la police par un collaborateur des Français. Maintenant que la guerre est finie, tous les bagnards de la terre et tous les truands vont se découvrir militants nationalistes. Et tout le monde va dire : « J'ai tué un Français, j'ai tué un collaborateur, je suis un membre du F.L.N., un révolutionnaire... »

Hassan ne retournait dans la salle des enfants que pour prendre ses repas et pour dormir. Le soir, les infirmières se réunissaient autour de la table et bavardaient en buvant du Coca-Cola, l'oreille suspendue à un transistor. Quand un chant patriotique était diffusé, elles se taisaient, écoutaient, puis reprenaient la conversation là où elles l'avaient laissée.

— Je ferai des économies et je me paierai une voiture.

— Une voiture ! Ça ne va pas dans ta tête ? Tes parents, qu'est-ce qu'ils vont dire ?

— Je m'en moque. S'ils ne sont pas contents, j'irai habiter seule. Puisque je travaille.

— Si je faisais ça, mon père et mes frères m'égorgeraient.

— Qu'est-ce que tu racontes ? Ça ne va plus être comme avant. Les choses vont changer.

— Moi, ce que j'aimerais faire, c'est aller en France, voyager...

— Moi, je ferai les deux : j'achèterai une voiture et j'irai me balader en France.

— Et tu ne penses pas à te marier ?

— Ah, non ! Je ne veux pas me marier.

— Toi, ma sœur, tu n'es pas normale. On dirait que l'Indépendance t'a retourné l'esprit. Tu finiras par avoir des ennuis. Tu veux tout avoir !

— Et alors, pourquoi avons-nous fait la guerre pendant sept ans ?

— Sûrement pas pour que la femme se mette à faire la folle et à avoir des idées comme toi...

Les enfants faisaient semblant de dormir, car on leur avait dit qu'il était l'heure de dormir. Ils auraient du Coca-Cola le lendemain, au repas de midi. Souvent des hommes venaient chercher les jeunes filles, et, tard dans la nuit, on entendait derrière les volets des rires étouffés ; parfois, un bruit confus près de la porte, là où se trouvait le lit de l'infirmière de garde. Au matin, les enfants échangeraient des mots de connivence. À midi, ils boiraient du Coca-Cola en fredonnant, à l'unisson avec les infirmières, des chants patriotiques.

Dans l'après-midi du 2 juillet, ce fut l'explosion de joie : salves de coups de feu, youyous, danses, larmes, cris, embrassades, à l'ombre du drapeau vert, blanc et rouge, hissé très haut sur les toits. Le résultat du référendum était sans appel et l'Algérie officiellement indépendante. La liesse se poursuivit tard dans la nuit, conduite par le Marocain qui dansait en agitant les mains au-dessus de sa tête et en chantant à plein gosier des chansons de prisonniers. À l'aube, une violente dispute éclata dans la cour, qui réveilla les malades.

— Ici, c'est moi le chef !

— Le chef, c'est celui qui a la mitraillette, **et** la mitraillette, c'est moi qui l'ai. Et sache qu'il me suffit d'appuyer là-dessus pour que je te descende comme un chien.

— Le chien, c'est toi ! Quand je faisais **la** Révolution, tu faisais le maquereau sur les trottoirs d'Alger. Je te ferai enfermer à Barberousse pour t'apprendre à respecter les révolutionnaires.

— Mais taisez-vous ! Taisez-vous ! Si ce n'est pas honteux ! Notre pays est à peine indépendant, et vous vous mangez déjà les uns les autres. Et demain alors ? Comment ça va être ? Suffit, vous dérangez les malades.

Au matin, un responsable du F.L.N., osseux, avec des traces de brûlures sur le visage, se présenta au centre, accompagné de quatre militaires en armes. Devant tout le monde, il désarma l'homme à la mitraillette et le poussa vers la porte en vociférant :

— L'Algérie est indépendante depuis hier, et déjà vous la transformez en bordel. Allez oust ! Dégage !

Il lui envoya un grand coup de pied dans le derrière et ferma la porte avec fracas. Puis, il se tourna vers les infirmières rassemblées dans la cour, et ses yeux brillaient.

— Et vous ! Vous allez immédiatement décamper. Si vous croyez que l'Indépendance veut dire la débauche, vous vous trompez. Allez, oust !

L'une des filles se mit à sangloter. Elle tomba dans les bras de ses camarades, évanouie. On l'étendit sur un lit. On lui aspergea le front d'eau de Cologne. Elle ouvrit les yeux, aperçut l'homme qui venait de l'insulter debout au pied du lit. Elle tourna la tête, se remit à pleurer. L'homme haussa les épaules et s'en alla.

Dehors, la fête battait son plein. Les voitures, bondées et parées de drapeaux, sillonnaient les rues, saluant la liberté par cinq coups de klaxon brefs, inlassablement répétés, rythmés par des coups de poing sur la tôle, et des youyous. Les sexes s'étaient mélangés. Comme par enchantement, tous étaient devenus frères et sœurs. Prises dans le tourbillon du désir et de la liberté, les filles se défaisaient de leur voile, de leur pudeur, de leur peur, s'asseyaient sur les genoux des garçons, se laissaient mener dans les vignes désertées par les colons. Comme dans les contes, la fête dura plusieurs jours et plusieurs nuits. D'étranges rumeurs commençaient alors à se répandre. On disait qu'à Alger, les vierges étaient devenues rares, et qu'on projetait de prendre des mesures extraordinaires pour ne pas laisser sans mari les filles dépucelées — les premières décisions des nouvelles autorités. Le nombre des filles déflorées étant sans commune mesure avec le nombre d'hommes disponibles, on obligerait chaque « mâle » à prendre en charge de deux à quatre « femelles ». Pour ne léser personne dans la répartition des épouses, on procéderait par tirage au sort. Les noms des femmes seraient inscrits sur des cartons qu'on mélangerait dans un grand sac de pommes de terre.

Au fond de la cour, à l'ombre d'un frêne, l'ancien pensionnaire du pénitencier rêvait tout haut. Il était allongé sur le dos, la tête posée sur un bout de madrier. Hassan, adossé au tronc, écoutait.

— Si le Gouvernement veut bien m'accorder une pension pour chaque femme, je suis disposé à en prendre une douzaine. Je battrai notre Prophète, prière et salut sur lui. Et puis, ça sera vraiment comme au paradis : volupté à perpétuité.

Il se redressa sur le coude, avala une dernière bouffée de son mégot, et ajouta d'une voix que Hassan ne lui connaissait pas :

— Le chef, ce qu'il a dit l'autre jour, c'est juste. Il ne faut pas que ce pays, maintenant qu'il est libre, devienne un bordel national.

Le 10 juillet, les malades furent ramenés à l'hôpital qu'on avait rouvert. Hassan et le gargotier de Marengo se retrouvèrent seuls dans le service ophtalmologique. Mais, dès le lendemain, ils furent rejoints par de nombreux malades. Titine ne réapparut pas. Comme Français, il n'y avait plus qu'un médecin et l'infirmière indochinoise, toujours affable et dévouée. Les employés algériens eux aussi n'étaient pas tous revenus. Les uns s'étaient oubliés à fêter la liberté ; les autres, malins et opportunistes, avaient abandonné l'hôpital pour se couler dans les structures de pouvoir du nouvel État : police, gendarmerie, armée, parti, administrations diverses. L'infirmier Ali Benkriou était à présent installé dans le bureau du chef de service. Il s'était nommé lui-même à ce poste de responsabilité, estimant que cette charge lui revenait de droit. Tant de facteurs militaient en faveur de cette autopromotion : son âge, ses états de service, son arrestation par les Français et, plus décisif, le retour de son fils du maquis, en tenue d'officier. Pour mieux asseoir son autorité sur ses anciens camarades, il fit venir son fils, un après-midi, et se promena longuement avec lui dans le couloir sans adresser la parole à personne.

— C'est un lieutenant.

— C'est un capitaine, je te dis. Et peut-être même un commandant.

— Il est arrivé dans une jeep, avec trois militaires.

— Tu as vu sa mitraillette ? C'est ça qu'on appelle une mitraillette chinoise. Elle peut descendre cent personnes en une minute...

Cette visite s'avéra fort payante. Car, lorsque, une semaine plus tard, les agents de service se disputèrent les quelques blouses blanches — les bleues leur apparaissaient comme une tenue de subalterne, désormais, indigne de leur état d'homme libre —, Ali Benkriou les remit à leur place avec fermeté. Méthodique et soucieux de justice, il établit une liste et instaura un roulement pour l'attribution des prestigieuses blouses blanches.

Le compagnon de chambre de Hassan, un jeune homme d'une vingtaine d'années arrivé de Tizi-Ouzou avec un œil sanguinolent, portait une casquette militaire qu'il disait avoir reque de la main d'un chef maquisard. Dès le réveil, il ajustait sa casquette et se postait à la fenêtre face au pavillon des femmes en sifflotant l'hymne national ou un air français à la mode. Il disait avoir été un militant révolutionnaire hors pair, et chaque jour narrait à Hassan, par le menu détail, un nouvel épisode de l'action héroïque qu'il avait menée dans les montagnes de Kabylie : bombes à retardement déposées dans de nombreux bars français et même devant l'entrée de la gendarmerie, barrages militaires forcés au volant d'une DS 19, poursuite sur les routes en zigzag du Djurdjura avec le hurlement des pneus et le crépitement des armes, etc. Il parlait fort, le pied gauche posé sur une chaise, les bras croisés sur la poitrine. Hassan avait l'impression d'être au cinéma. Il retrouvait dans ce déploiement de bravoure des séquences de films de cow-boys, de gangsters, de guerre.

— Appelle-moi Eddie Constantine, car, tu sais, Eddie Constantine me ressemble tout à fait, dit-il un jour à Hassan.

Un matin, Eddie Constantine se réveilla bouillonnant de colère. Il envoya un grand coup de poing dans la table de nuit métallique.

— Ça suffit comme ça !

Hassan se retourna, interloqué.

— Je ne t'ai rien fait, bredouilla-t-il.

— J'ai dit : ça suffit comme ça ! Voilà dix jours que je suis là, et le docteur ne m'a examiné qu'une fois. C'est la faute de cette putain d'infirmière. Elle n'a pas parlé de moi. Elle va voir à qui elle a affaire !

Il coiffa sa casquette de maquisard avec énergie et s'engagea dans le couloir, menaçant. Tout à coup, on entendit des cris, un claquement de porte. On courait dans le couloir. Les malades se précipitèrent hors de leur chambre. Eddie Constantine, agrippé à la poignée de la porte de l'infirmerie qu'il secouait avec fureur, hurlait. Un employé tentait de le ceinturer.

— La putain, je la tuerai ! Je vais casser la porte. Qu'elle foute le camp dans sa France !

Les employés réussirent à pousser le jeune excité dans le réfectoire, et le chef de service, accouru, menaça de le mettre séance tenante à la porte s'il ne se calmait pas. L'infirmière, assise sur une chaise, pleurait, inconsolable. Les malades étaient consternés, scandalisés. Ils avaient peur qu'elle ne s'en aille. Ils traitèrent de fou et d'imbécile le pseudo-révolutionnaire qui, apaisé, méditait dans le réfectoire vide, la tête dans les mains, face à la casquette posée sur la table.

En fin d'après-midi, quand l'infirmière quitta son travail, Hassan se trouvait sur le perron du pavillon. Elle lui serra la main.

— Adieu, Hassan.

Dans sa voix, il y avait comme une envie de larmes. Hassan était ému, troublé. Il eut le sentiment de quelque chose d'irréparable. Jamais elle ne l'avait salué de la sorte. D'ordinaire, elle l'appelait de loin ou lui donnait une petite tape sur l'épaule en passant près de lui. La silhouette rouge s'éloigna. Hassan aurait voulu la retenir entre ses paupières. Mais elle était déjà trop loin, presque hors de portée de sa vue affaiblie. Elle n'était plus qu'une tache rouge, une goutte de sang, une pointe incandescente plantée dans la mémoire. Hassan sentait une immense lassitude s'emparer de son corps. Il rejoignit sa chambre, s'étendit sur son lit, le visage tourné vers le mur.

Parmi les malades, il y avait quatre anciens maquisards. Trois d'entre eux, pourtant quasi aveugles, étaient venus avec leurs armes, des revolvers qu'ils gardaient sous l'oreiller. Les autres malades, les civils, se pressaient autour d'eux, curieux et flattés de connaître de près de vrais maquisards blessés au combat. Ils les entouraient de mille prévenances, leur servant de guides, de garçons de courses ou tout simplement d'auditeurs attentifs. Hassan, comme tous les autres, passait des heures à les écouter, assis sur le carrelage ou sur une chaise. Le récit de leur vie de combattant, pourtant rythmée par la violence, le sang et la mort, avait la fascination des contes. Ils évoquaient quelques-unes des péripéties du long cauchemar d'où l'Algérie venait à peine d'émerger, un cauchemar dont ceux qui n'étaient pas au cœur de la brûlure ne pouvaient soupçonner toute l'horreur.

— C'était tout juste une semaine après la déclaration du cessez-le-feu. J'ai dit : « Je n'ai pas vu mon oncle depuis longtemps. À présent, je ne risque rien si je lui rends visite. » Nous avons bien mangé. Ça me faisait du bien. Je n'avais pas mangé de la sorte depuis des mois. Nous avons parlé longtemps. Dans la nuit, ma cousine est entrée dans la pièce où je dormais. Dix-huit ans d'âge, tel le soleil. J'ai montré la mitraillette. J'ai dit : « Je suis encore marié avec celle-là. Patiente, ma cousine ! » Je suis parti à l'aube. Les gens continuaient à dormir. Le chemin était noir. Ils étaient cachés derrière les buissons. Qui les avait avertis de ma présence ? Ils m'ont jeté à terre. Ils étaient trois. Ils m'ont chargé dans une camionnette bâchée, bâillonné, attaché, à moitié assommé. Il faisait encore nuit. Les gens continuaient à dormir. On m'a poussé dans une cave, immense. Un homme très large derrière un bureau. Comment s'appelle-t-il ? Il a dit son nom. Je ne l'ai pas retenu. « Regarde bien. » Il me pose la photo sous le nez. « Non, je ne le connais pas. — C'est un ami à toi, un fellaga comme toi. Il travaille à la pêcherie. Vous croyez avoir gagné. Regarde-le bien : aujourd'hui, il vit son dernier jour. » Il a ramassé un gros crachat. Il me l'a envoyé sur la figure. Les autres ont éclaté de rire. Et puis, je me suis retrouvé dans les cabinets. Avec le chalumeau, ils ont gravé dans mon dos une étoile. Vous pouvez la voir, si vous voulez. Une étoile au feu dans ma chair. Je suis tombé dans le trou d'eau. Et j'ai senti qu'ils pissaient sur moi. Il a posé le canon d'un revolver sur ma tempe. Quand je suis revenu à moi, j'étais à l'hôpital, ma tête entourée de pansements, mes yeux vides. Les ambulanciers m'avaient ramassé une semaine plus tôt dans les caniveaux d'Alger. On m'avait cru mort.

— Cette fois-ci, l'opération s'annonçait encore plus hasardeuse. Les hommes de Messali se tenaient toujours sur leurs gardes, et de plus, ils savaient se battre, des serpents. On ne devait travailler qu'au couteau. À Paris, c'est difficile d'échapper à la police. C'est moi qui devais saigner le cochon. Les deux autres étaient là pour m'aider à le maîtriser. Un colosse, un coriace. Nous avons enfoncé la porte, et ce n'est qu'avec peine que nous l'avons neutralisé. Et voilà qu'il se met à sangloter, à implorer notre clémence. « Je suis un Algérien comme vous. Je suis votre frère. J'accepte de payer, de marcher avec vous. » J'ai dit : « Ne crains rien, frère. Nous ne te ferons aucun mal. Mais nous devons te déshabiller et t'attacher sur ton lit. Car, à notre retour, nous aurons à jurer devant le chef que nous t'avons déshabillé et attaché. Là est toute la punition que nous avons décidé de t'infliger. Laisse-toi faire et tout ira bien, pour toi et pour nous. » Il s'est déshabillé tout seul. Il s'est laissé docilement attacher sur son lit. J'ai tiré mon couteau. Mes compagnons étaient près de la porte. J'ai commencé à marcher autour du lit et à parler de la Cause, de la Révolution. Mes yeux cherchaient le frémissement du cœur sur la poitrine velue. Je l'ai vu. Je me suis arrêté. J'ai fixé la place du cœur. J'ai respiré. J'ai frappé. Il s'est raidi. J'ai tiré la lame. Il s'est détendu avec une telle force qu'il a soulevé le lit. Un colosse, un coriace. J'ai frappé de nouveau. Et j'ai encore frappé. Et j'ai encore frappé.

Pendant que le peuple fêtait l'Indépendance, des bataillons entiers de la nouvelle armée algérienne s'affrontaient dans une lutte fratricide sur les routes du pouvoir. Chaque fois qu'un convoi militaire ou un dirigeant traversait un village, entrait dans une ville, les habitants s'amassaient le long du chemin, dansaient, chantaient, acclamaient tous les noms qui avaient été pour eux porteurs d'espoir dans les années terribles. Profitant de la confusion politique, les plus avisés conclurent les affaires de leur vie ; les uns mettant la main, au moyen d'actes notariés antidatés, sur des immeubles, des cinémas, des restaurants, des magasins, des fabriques et autres biens hâtivement cédés par les colons ; les autres, forts du rôle occulte qu'ils prétendaient avoir joué dans la Révolution, occupant d'autorité la place de leur ancien maître, à la tête du domaine agricole, de l'entreprise commerciale. Pour contraindre au départ ceux qui tardaient à partir ou refusaient de partir, et s'approprier le plus rapidement possible leurs biens, on commença à les terroriser, à jeter des pierres contre leurs fenêtres, la nuit, à leur lancer des injures, le jour. Les plus intrépides, parmi les habitants des bidonvilles, s'attaquèrent aux immeubles en voie d'achèvement, forçant les portes des appartements pour prendre possession des lieux. Ne leur avait-on pas dit que l'Indépendance signifierait la fin de leur misère ! Ceux qui cherchaient des distractions fortes à odeur de sang et ceux qui désiraient inscrire à leur actif, fût-ce a posteriori, un acte révolutionnaire, s'organisèrent pour donner la chasse aux collaborateurs.

III

10 août 1962.

Le père de Hassan faisait la sieste, allongé sur le comptoir de son épicerie, l'aile de son turban rabattue sur les yeux. Le chauffeur de l'ambulance lui secoua l'épaule.

— Réveille-toi, Youssef. Je te ramène ton fils.

Youssef releva son turban et, apercevant son fils debout dans l'embrasure de la porte, se redressa, le visage éclairé de bonheur. Il glissa avec souplesse du haut de son perchoir, marcha sur le ciment, pieds nus. Très vite, la petite épicerie se remplit de monde. Le cafetier, le coiffeur, un chauffeur de taxi, deux ou trois épiciers, des badauds, des enfants, sortis sans bruit de leur coin d'ombre, faisaient à présent cercle autour de Hassan, assis sur une vieille caisse, sa valise entre les jambes. On s'enquérait sans façon de l'état de ses yeux, du résultat de l'opération qu'il avait subie. Le père distribua des cacahuètes à Hassan et aux enfants accroupis au pied du comptoir.

— Et l'écriture du journal, tu peux quand même la lire ?

Il tendit à son fils une feuille de journal, prise dans le papier d'emballage rangé près de la balance.

— Je vois la route. Je vois les formes humaines. Je vois aussi les couleurs. Mais l'écriture du journal, je ne la vois pas encore. Je vois seulement des traits noirs, dit Hassan lentement en essayant de retenir son émotion.

— Tu ne vois pas l'écriture du journal ! Mais alors, tu n'es pas guéri, mon fils.

Les yeux du père s'embuèrent. Il alla au fond de l'épicerie. Une grosse larme roula le long du nez, se perdit dans la moustache grise. Le chauffeur de taxi, qui avait tout vu, ne put s'empêcher lui aussi de pleurer.

— Viens, je vais te conduire auprès de ta mère. Elle doit t'attendre, la pauvre.

La voiture suivit la rue principale écrasée de soleil et de silence. Hassan eut l'impression de traverser un village fantôme, vidé de toute trace de vie. Avertie par la plus jeune de ses filles, qui jouait sous un arbre, la mère sortit de sa maison en courant, le visage découvert. Elle s'accrocha au cou de son fils, l'embrassa avec fougue en n'arrêtant pas de lui demander comment il se portait. Dans la maison, en remarquant les gestes hésitants de Hassan, elle comprit qu'il n'avait pas recouvré sa vue d'autrefois. Elle se mit à pleurer.

— Je t'ai bien dit, mon fils, que ton mal ne pouvait être soigné par la médecine des Français, dit-elle à travers ses larmes. Je vendrai mes bijoux, je n'en ai pas beaucoup, mais je les vendrai tous et j'irai voir, s'il le faut, tous les devins, tous les guérisseurs.

Le père, assis sur un banc, gardait le silence. Hassan respirait avec difficulté. Ses yeux s'emplissaient de larmes. Il se sentait un peu responsable de la peine qu'il causait à ses parents en rentrant d'Alger les yeux encore malades.

Malek, assis par terre, fixait son frère avec intensité. Soudain il se redressa sur ses petites jambes, le visage illuminé de joie.

— Mma ! Mma ! Le coq ! Le coq ! Tu as bien dit : « On l'égorgera quand Hassan reviendra d'Alger. » Je vais l'attraper.

Il se lança vers la porte, dévala les marches, les bras tendus. Un caquetage de panique et des battements d'aile désordonnés remplirent la cour. Fatim-Zohra se leva, souriante.

— C'est le coq arc-en-ciel, tu t'en souviens ? Je l'ai laissé pour ton retour.

— Il est gros comme un veau, ajouta Youssef

dont les doigts cherchaient déjà dans la poche le couteau pliant perdu dans une poignée de monnaie et de graines destinées au jardin.

À son réveil, Hassan trouva sa mère, assise à ses côtés, en train de coudre un talisman dans un carré de peau de gazelle usée. Elle le regardait, souriante, un peu gênée, un peu angoissée, implorant en silence sa compréhension. Elle savait combien il était capable de tourner en dérision les vieilles croyances et les pratiques maraboutiques.

— Il est sorti de la main de Maître Mokran. Je me suis présentée au moins cinq fois chez lui avant de le rencontrer. Il était toujours absent. J'ai dû le supplier, car il ne rédige plus de talisman. La troisième fois, c'est ton père qui m'a accompagnée en taxi.

En citant le père qui n'avait jamais caché son hostilité à l'égard des charlatans, elle espérait prévenir toute velléité de regimbement de la part de son fils. Hassan ne disait rien. L'aiguille entre les doigts fins de sa mère le fascinait. Elle piquait le cuir, le traversait souplement, décrivait une courbe, piquait à nouveau avec la même précision. Ni précipitation ni à-coups. Les doigts bougeaient à peine. Le mouvement était fluide. De même qu'il aimait voir sa mère épurer le grain, il aimait la voir coudre. Comme elle lui paraissait sereine dans ces moments-là...

— Si tu ne veux pas le porter autour du cou, mets-le au moins dans ta poche. Maître Mokran a dit que tu dois toujours l'avoir sur toi. Je te mets une ficelle, si tu veux le porter autour du cou. Mais, tu fais comme tu veux, mon fils. Si tu veux guérir...

— Je le mettrai dans ma poche, s'entendit dire Hassan.

Il y avait dans sa voix une soumission qui l'étonnait. Un filet d'eau sinueux coulait des doigts de sa mère.

Hassan, enfant, est couché devant la cheminée, gravement malade. Dehors, c'est l'hiver, le silence. Sa mère, assise à ses côtés, les épaules enveloppées d'un châle bleu, retenu sur la poitrine par une fibule d'argent, coud un talisman dans un carré de peau de gazelle. Hassan, les yeux grands ouverts, voit un mince filet d'eau brillant couler continuellement des doigts de sa mère, traverser la peau de gazelle en s'incurvant dans l'espace.

— Il neige depuis ce matin. Le ciel se couche sur la terre, soupire Fatim-Zohra qui commence une bien étrange histoire arrivée, dit-on, à un homme très malade, connu et respecté de tous.

Hassan ferme les yeux. Un berceau d'osier descend lentement du ciel au bout d'une longue corde. Il se sent soulevé par des mains invisibles et couché au fond du berceau. Au-dessus de lui, très loin, au milieu du ciel blanc, il entend le grincement d'une poulie.

— Tu dors, mon fils ?

Hassan ouvre les yeux, bat des paupières. Il est heureux de retrouver sa mère, avec ses tatouages, son châle, l'eau qui coule de ses doigts sur le talisman en peau de gazelle.

— Quand l'homme est arrivé au ciel, deux anges l'accueillirent, l'ange de la mort et son frère l'ange de la vie. Il les voyait. Il les entendait. L'ange de la mort a dit : « Il a épuisé ses jours. Aujourd'hui, il touche au terme de sa vie. » L'ange de la vie a dit : « C'est un homme de bien, prédestiné au séjour des bienheureux. Accordons-lui quelques années de plus. » La dispute a duré longtemps entre les deux anges, l'un voulant retenir l'homme, l'autre voulant le rendre à sa famille. C'est l'ange de la vie qui a finalement triomphé. L'homme a été redescendu sur terre au bout de la corde. Quand il a ouvert les yeux, ses enfants et sa femme pleuraient autour de lui. Il a bougé la tête et dit : « L'heure n'est pas encore arrivée. »

Fatim-Zohra ne perdit pas de temps. En début d'après-midi, elle se voila et, suivie de ses deux fils, se dirigea vers la maison de Mère Zibouda, en haut du village, sur les premiers contreforts de la montagne. Hassan portait un panier d'où dépassaient un pain de boulangerie et des branches de dattes. Malek serrait dans ses bras une poule attachée par les pattes et somnolente. Mère Zibouda avait dit à Fatim-Zohra, qui allait souvent la consulter, de lui amener Hassan dès son retour de l'hôpital. Elle était capable non seulement de pénétrer les mystères de sa maladie, mais aussi de lui rendre la vue.

Quand le jeune homme, qui veillait sur le ménage de la sainte, introduisit les visiteurs dans la chambre basse, Mère Zibouda était adossée au mur, les jambes allongées sur une natte. Poilue, émaciée, le front jaune coupé par une serre d'aigle tracée au bleu de méthylène, les paupières closes, elle tenait un bout de cigarette entre les doigts. Plusieurs foulards de couleurs différentes, enroulés les uns sur les autres, lui couvraient la tête.

Un après-midi, le side-car des gendarmes était passé sur la route, semant le trouble. Les femmes, qui avaient entrebâillé les portes, se hélaient, s'interrogeaient, échangeaient des paroles de compassion. Quelque chose de grave venait d'avoir lieu dans les maisons du haut, tout près de la montagne. Un homme nommé Ayach avait tiré avec un revolver sur son voisin puis sur sa propre femme. Il avait aussi essayé de tirer sur sa fille, un bébé d'un an, qu'une vieille voisine avait sauvée de justesse en s'enfuyant avec elle. Le side-car repassa, suivi du camion de la commune avec les deux morts couchés côte à côte enroulés dans des couvertures de laine. Derrière les portes, les femmes récitaient des formules pour conjurer le malheur. Et le soir, dans les foyers devant lesquels le camion de la mort était passé, la marmite fut posée sur le feu.

À son retour au village, après dix ans de prison, Ayach prit un nom et des vêtements de femme et se fit connaître comme devin, guérisseur, dénoueur de maléfices. Il acquit rapidement parmi les femmes une réputation de sainteté. Certaines le vénéraient, le nommaient, en prêtant serment, et toutes pensaient, en venant le voir, à l'indispensable paquet de cigarettes.

— Mes filles, ne m'apportez rien, si vous voulez, mais n'oubliez pas le paquet de cigarettes, disait-il à ses visiteuses.

Mère Zibouda frotta le mégot contre le mur et se redressa sur un coude. Fatim-Zohra poussa vers elle la poule et le panier ouvert. Mère Zibouda introduisit la main dans le panier, palpa les paquets à l'aveuglette, les déplaça comme si elle cherchait quelque chose qui devait y être et qu'elle ne trouvait pas. Fatim-Zohra eut un sourire malicieux.

— Il n'est pas dans le panier, mère. J'avais peur qu'il ne soit écrasé.

Elle passa sa main sous sa robe et sortit un paquet de cigarettes Bastos. Alors, la sainte se mit sur son séant, les jambes repliées sous la robe. D'une voix rauque, haletante, elle invita Hassan à s'approcher. Elle le considéra longuement, la main sur son épaule.

— Regarde-moi en face. Je suis devant toi. Me vois-tu ?

— Je te vois. Mais il y a comme un brouillard devant mes yeux.

— Tes yeux ne regardent pas droit. Ils sont tournés vers la gauche.

— Oui, mère, il regarde de côté depuis qu'il est tombé malade, dit Fatim-Zohra.

— Oui, je comprends, je vois. Je te l'ai déjà dit, ma fille. Ton enfant a été giflé par un djinn. Il a reçu la gifle sur la joue droite, et ses yeux ont basculé vers la gauche. Ils auraient même pu sortir complètement de leurs trous. Dieu l'a protégé.

Mère Zibouda avait parlé d'une voix à peine audible. On eût dit qu'elle redoutait que ses révélations ne soient entendues par quelque être invisible mêlé à l'assistance ou en faction dans un coin de la pièce.

— Nous acceptons la volonté de Dieu, mère, dit Fatim-Zohra en soupirant.

— Mon enfant, allonge-toi sur le flanc gauche.

Hassan s'étira sur la natte d'alfa avec docilité. La sainte le mesura trois fois des orteils au sommet du crâne, la main ouverte en empan. Elle récitait des versets coraniques. Sensible aux chatouillis, Hassan eut envie de rire. Il se retint en pensant au chagrin qu'il causerait à sa mère. Elle était si convaincue de la sainteté et du pouvoir occulte de l'ancien bagnard. Mère Zibouda rabattit l'un de ses multiples foulards sur ses yeux, se ramassa en boule, plaqua ses mains sur son visage et ne bougea plus. Fatim-Zohra retint sa respiration, anxieuse. Quand Mère Zibouda prenait cette attitude recueillie, elle entrait en relation avec le monde de l'invisible, discutait avec les esprits, les suppliait de lui montrer la voie à suivre pour soulager les hommes dans leur douleur. Parfois, quand les esprits refusaient de lui répondre, elle se mettait à gémir, à pousser des plaintes qui emplissaient l'assistance de terreur. On l'avait même vue pleurer à chaudes larmes. Elle sortit de sa prostration. Son corps se détendit. Elle croisa ses jambes sous la robe, releva le foulard qui cachait ses yeux. Ses lèvres remuèrent. Fatim-Zohra avança la tête.

— Il faut acheter un chevreau noir. Il faut l'égorger un jeudi soir. Il faut le cuire dans une marmite neuve. Il faut le servir dans un grand plat. Il faut le présenter au malade, isolé dans une pièce sombre, porte et fenêtre closes. Les djinns viendront partager le repas et, en partant, emporteront avec eux le mal. Les os, il faut les jeter dans la rivière à minuit.

Tout se déroula selon les recommandations de la sainte : le choix du chevreau, le jour du sacrifice, la marmite qui n'a jamais servi, l'isolement de Hassan dans une pièce obscure et close face à un énorme plat de viande bouillie et fumante. Hassan ne croyait pas aux djinns, mais de se retrouver seul dans le noir et le silence devant une telle quantité de viande, lui qui n'avait jamais aimé la viande bouillie, il se sentait gagné par la panique. En vain il tenta de se ressaisir. Les peurs de l'enfance étaient déjà là, compactes autour de lui, tapies dans les coins, suspendues au plafond, juchées sur le coffre et l'armoire, prêtes à l'écraser, comme autrefois, lorsque sa sœur le poussait dans la pièce obscure, le plaquait par terre et se couchait sur son corps en exhibant ses dents d'ogresse. Il se débattait, hurlait et, à la fin, ne distinguait plus la bouche vorace de sa sœur, mais seulement une masse imprécise qui tentait de l'étouffer. Sa terreur s'amplifiait, ses cris redoublaient jusqu'à ce que sa sœur desserre son étreinte et s'enfuie en hennissant. Hassan, avec appréhension, la nausée au bord des lèvres, saisit un morceau, le porta à sa bouche et le rejeta aussitôt. Il envoya son talon dans le plat qui alla heurter le pied de l'armoire. Il se redressa, furieux, poussa violemment la porte.

L'atmosphère au village avait changé du tout au tout, passant d'un état à son contraire comme dans un conte de fées. Et pourtant, personne ne semblait s'en étonner, comme si les choses ne pouvaient être qu'ainsi, et le changement survenu, une fatalité bienfaisante inscrite dans l'ordre même de l'existence.

Les casernes étaient à présent occupées par des soldats algériens. Le matin, dans le soleil, sanglés de cuir neuf, le fusil étincelant à l'épaule, ils se rendaient sur le stade pour apprendre à marcher au pas ou sur les collines environnantes pour s'exercer au tir. Par le trou de la serrure ou l'entrebâillement de la porte, les femmes s'extasiaient sur leur fière allure et les jeunes filles les imaginaient dans de glorieuses noces. Les hommes s'arrêtaient pour les saluer avec confiance en rendant grâce au Seigneur d'avoir chassé les oppresseurs. Et, triomphants dans leurs chemises kaki récupérées dans la décharge, les enfants les escortaient, de fantastiques fusils de leur fabrication en bandoulière, et au fond de la poche, parfois, une poignée de vraies balles. L'après-midi, quand les soldats allaient se promener dans le village, les enfants les entouraient avec curiosité, les hélaient par leur nom ou par un sobriquet, les chahutaient en criant quelque prénom de jeune fille.

Il ne restait presque plus de Français au village. Ils étaient partis dès les premiers jours de l'Indépendance : les réalistes, après avoir cédé à n'importe quel prix, à des bourgeois algériens rompus à la technique du marchandage, maisons et mobilier ; les utopistes — ceux qui croyaient au retour et à la convivialité des communautés —, après avoir remis les clés de leur propriété à l'un de leurs hommes de confiance. Le docteur Aouiz, naguère cible du F.L.N., était toujours à l'hôpital, intimidant personnel et malades par ses éclats de voix et ses colères légendaires. Une délégation composée de notables, et de ces mêmes responsables du maquis qui avaient failli le tuer hier, lui avait rendu visite un soir dans sa maison et l'avait supplié, au nom de la fraternité humaine et de l'entente des peuples enfin rétablie, de ne pas partir en France, de ne pas les abandonner sans soins.

Les chefs étaient craints et respectés. Pour asseoir leur autorité, ils s'étaient montrés, dès leur arrivée au village, d'une sévérité cruelle en matière de morale. On parlait encore à voix basse du châtiment vrai ou en partie imaginaire qu'ils avaient infligé à deux villageois accusés d'adultère. La femme eut la tête tondue et l'homme les organes génitaux brûlés avec la pointe d'une faucille ardente. On se souvenait aussi de la hargne des chefs à faire payer ceux qui avaient échappé à l'impôt révolutionnaire pendant les années de guerre. Le boulanger, qui ne voyait aucune raison de verser un impôt à la guerre en temps de paix, fut renversé dans un fossé et piétiné par un chef en transe. Frappés par tant de violence, les autres, malgré les sommes exigées et les rumeurs sur leur véritable usage, payèrent avec docilité.

Quant à la mort de Zaïdi le cafetier, elle avait suscité chez les villageois désarroi et stupeur. Il s'était écroulé dans son café, sous les yeux de son fils, un enfant de neuf ans. Les gens furent nombreux à suivre son cercueil, l'esprit taraudé par des questions sans réponse. Peut-être que les chefs ne jouissent pas tout à fait de leur raison. Sept ans de guerre et de souffrance, il y a de quoi devenir fou. Il ne désirait pas tuer son ami. C'était seulement un jeu qui avait mal tourné. Il voulait simuler le geste de la mort sans donner la mort, pour rire un peu avec les autres assis autour de la table, sirotant le café chaud et parfumé que Zaïdi venait de leur servir. Il a dit : « Zaïdi, tu vois, je presse là et il n'y aura plus de Zaïdi sur terre. » Zaïdi fixa son ami dans les yeux, sans défi, sans panique, mais avec une grande interrogation. Pourquoi cette plaisanterie de mauvais goût ? Les autres riaient. « Tu vois à quoi tient ta vie. J'appuie sur ce bout de ferraille et adieu Zaïdi. » Le coup partit. Tout se figea dans le café, les gestes, les regards, les voix, la respiration. Dans les yeux du cafetier, il y avait la même interrogation. Il se plia lentement et son front heurta la tasse qui se renversa sur la table. Il ne voulait pas tuer son ami. C'est Satan le maudit qui a pressé sur la détente. Un accident. Dieu l'a voulu ! Ancien militant, ancien interné des camps, Zaïdi fut déclaré martyr de la Révolution. On établit un dossier pour attribuer une pension à la veuve et aux orphelins, et l'affaire fut close.

Autour des chefs, évoluent des courtisans à l'œil calculateur, pressés de rendre service à leurs nouveaux amis. Si le chef a besoin d'une voiture pour son agrément, ils arrivent à toute allure. Si le chef veut se marier, ils délient leur bourse pour participer à l'achat des meubles et des moutons. Le jour du mariage, ils prêtent leur batterie de cuisine, leurs tables, leurs chaises, leurs couverts, leurs tapis ainsi que leurs femmes et leurs enfants pour aider au service. Bref, ils ne ménagent ni leur peine, ni leur fortune, ni leur imagination pour faire plaisir aux chefs.

Les uns après les autres, les révolutionnaires vrais et faux prirent femme. Pour ces hommes, le mariage avec une fille jeune, belle, instruite et issue d'une famille riche, apparaissait comme un rite initiatique nécessaire pour se réinsérer dans la paix, entrer dans le jardin de la profusion et des délices. Toute autre option leur semblait indigne de leur mérite. Ils ont lutté, ils ont souffert, ils ont gagné, maintenant ils entendent vivre et jouir sans restriction. Quoi de plus légitime ! Plus d'un chef, déjà mari et père, préféra se remarier pour être en conformité avec cette morale hédoniste.

Les chefs occupaient naturellement les postes de pouvoir. Quant aux autres, les simples maquisards et militants, pour la plupart sans instruction, on leur avait attribué les places des plantons de l'administration, des gardes champêtres, des sergents de ville, des gardiens de nuit qui avaient servi sous le règne français et qu'on avait chassés, usurpateurs enfin démasqués. Les chouhada, les martyrs, n'étaient pas oubliés. On veillait sur leurs familles, promettant des pensions aux veuves et aux parents. On circoncisait leurs enfants. On rappelait leur mort héroïque. On allait chercher leurs os dispersés dans le pays pour leur donner une sépulture digne de leur sacrifice dans le cimetière du village natal avec leur nom sur la tombe.

Le cortège partit de bonne heure pour éviter la canicule. Hassan et son frère Lahcen en faisaient partie. Tous deux avaient appris leurs premiers versets coraniques sous la direction indulgente de Si Brahim. Hassan se rappelait son étonnement, ses interrogations, ses pressentiments, quand, du jour au lendemain, il n'avait plus revu son maître. On le disait en voyage, sans donner de raisons, tantôt à Sétif, tantôt à Bougie. Une nuit, un coup de feu retentit dans le quartier. Les militaires français arrivèrent tout de suite, traversèrent les jardins, regardèrent dans les ravins, fouillèrent les maisons sans rien découvrir. Plus tard, Hassan apprit que son maître coranique était descendu du maquis pour rendre visite aux siens — sa femme venait d'accoucher d'un garçon. Malgré les risques qu'il courait, il avait tiré un coup de feu pour marquer sa joie, lui qui n'avait eu jusque-là que des filles. Mais, un jour, on parla de sa mort, là-bas, vers le nord, dans les collines ocre blanche au-delà de l'oued.

Didou attendait sous un arbre, entouré de ses chiens. Il se joignit au cortège. L'homme qui portait le fusil de chasse l'arrêta, le bras tendu avec autorité.

— Et ces chiens, font-ils aussi partie du cortège ?

— Ils ne dérangent personne. Ils marchent sur leurs pattes.

Trois ou quatre personnes revinrent sur leurs pas, par curiosité ou pour signifier à leur tour leur réprobation.

— Tu blasphèmes à longueur de jour, et maintenant tu viens avec tes chiens !

— Des chiens pour aller chercher nos martyrs !

— Qu'Allah te pétrifie ici même !

— Je ne veux pas perdre mon temps dans les palabres. S'ils avancent, je les <u>crible</u> de chevrotine.

Un sourire, parti des yeux luisants et mobiles, dansa sur le visage ridé de Didou, partagé entre l'ironie et la pitié. Sans rien dire, Didou retourna au pied de l'arbre, se rassit parmi ses chiens. Il leur parla, puis se leva et rejoignit le cortège en courant. Les chiens tournèrent le museau et s'en allèrent sur la route.

Le cortège traversa le lit caillouteux de l'oued. Les musiciens qui marchaient en tête firent résonner la cornemuse et le tambourin. Un homme agita un drapeau au bout d'un bâton, et la mère de Si Brahim un foulard vert à franges rouges au bout du bras. L'homme au fusil cambra la taille et tira, soulevant une volée de youyous. On entrait dans le douar. D'autres youyous se répandirent, surgis des maisons en même temps que des femmes et des enfants qui se mirent à battre des mains en sautant et en criant : « Vive les martyrs ! » Un paysan, qui se trouvait dans son jardin au bord du chemin, lava ses mains dans le ruisseau et se joignit au cortège. D'un banc de pierre, un homme occupé à raboter une branche appela :

— Frères ! Attendez ! Vous devez avoir soif. Je vous apporte un peu de lait de ce matin.

— Merci, frère ! La route est longue. Nous devons nous presser avant que le soleil ne nous brûle, répondit l'homme au fusil.

Une ombre blanche se détacha au-dessus d'une colline de craie, dans le bleu du ciel. Dans la lumière, maintenant intense, et les stridulations des insectes montant des éteules, elle semblait animée d'oscillations rendant vaines les tentatives de l'œil désireux de préciser ses contours. Deux coups de feu claquèrent. La forme blanche s'ébranla, portée par l'écho qui roulait d'une falaise à l'autre. La silhouette d'un cavalier se précisa peu à peu dans un mouvement retenu de balancier. C'était lui, Saïd l'éclair. Il descendait à la rencontre du cortège sur une vieille jument blanche : haut turban blanc torsadé par un cordon noir, gandoura blanche aux larges échancrures festonnées de soie jaune, pantalon bouffant coupé à mi-mollet, chaussures rouges, une main serrant les rênes et l'autre un fusil à deux canons avec une crosse damasquinée. Le vieil homme mit pied à terre et tous vinrent l'embrasser. Il tira sa jument derrière lui, le cortège à sa suite. Plus loin, sous un azerolier solitaire, son fils Ali, presque aussi vieux que lui, attendait. À ses côtés, une pioche, une pelle, une cruche, et, suspendue à une branche, une outre en peau de chèvre suintait. Saïd l'éclair lâcha la jument, accrocha son fusil à une branche de l'arbre, se tourna vers le sud et marcha droit devant lui. À voix haute, il compta dix-sept pas.

— Là, c'est là, dit-il en s'accroupissant.

Il tapota la terre durcie avec sa paume.

— Quand les soldats de la France sont venus nous chercher, il était couché ici même, sur le côté gauche, les genoux repliés, les mains sur le ventre. Il dormait. Un enfant. Sa poitrine était rouge, et cette terre aussi. N'est-ce pas mon fils ?

Ali, debout près de lui, remua imperceptiblement la tête. La mère de Si Brahim s'approcha, le visage baigné de larmes. Elle s'assit, ramassa une poignée de terre qu'elle serra dans un mouchoir. Saïd l'éclair se releva, supputa de nouveau l'espace, avança. Il compta dix pas et dit :

— Nous l'avons enterré ici. C'est mon fils Ali qui a creusé la tombe.

Hassan attendait sous l'azerolier. Soudain, une femme toute ronde, la seule à avoir gardé le voile dans la canicule, se pencha vers lui, comme si elle venait seulement de s'apercevoir de sa présence, et commença à l'embrasser avec effusion sur les deux joues.

— Ta mère m'a dit que tu es resté longtemps à Alger. Tu n'as pas entendu parler, autour de toi, du cheikh ?

C'était la seconde épouse de Si Bachir, le père de Si Brahim. Celui qu'elle appelait le cheikh, c'était son mari, arrêté tout au début de la guerre et disparu aussitôt sans laisser de trace. Elle refusait de croire à sa mort, persévérait dans l'espoir d'un retour, interrogeait inlassablement les gens. Hassan secoua la tête pour dire non.

— Comment ! Personne ne connaît le cheikh à Alger ! reprit-elle avec vivacité, bien décidée à arracher à l'adolescent une réponse affirmative.

Hassan regarda autour de lui, embarrassé. Un jeune homme au parler rugueux intervint.

— Tante, sois raisonnable. Comment veux-tu qu'on parle du cheikh à Alger ? Le cheikh est mort dans notre région. On te l'a déjà dit.

— Puisqu'il est mort, allons donc chercher ses os.

Elle releva son voile sur ses jambes comme si elle s'apprêtait à entamer une longue marche sur un chemin jonché d'embûches.

— Tante, nous ignorons où Si Bachir a été tué. Il y a tellement de ravins, de grottes. Comment veux-tu qu'on le retrouve ? On va chercher. Nous cherchons déjà.

Visiblement agacé de revenir sur un propos qu'il avait dû aborder des dizaines de fois, le jeune homme s'efforçait d'adoucir sa voix, d'adopter un ton conciliant, comme on procède avec les personnes qui n'ont pas toute leur raison pour couper court à leurs impossibles doléances.

Les ossements rassemblés par Didou et Lahcen furent déposés sur un drap que la mère de Si Brahim enroula avec délicatesse et attacha à l'aide du foulard vert à franges rouges.

Elle pleurait toujours et, malgré les prières des uns et des autres, elle ne goûta ni à la galette chaude étalée sur un plateau en raphia ni au lait présenté dans deux cruches rapportées de la maison de Saïd l'éclair par deux fillettes. Le vieil homme lui non plus ne mangeait pas. Il parlait, et son fils, sans cesser de mâcher, l'approuvait par des hochements de tête et des murmures.

— J'ai dit : « Le fusil, je le donne pas. » J'ai parlé à ma tête. Aux frères, j'ai dit : « Je n'ai pas le fusil. — Allons, allons, oncle Saïd, tu as bien un fusil, il a une belle crosse, on nous a dit. — Oui, j'avais un fusil comme ça, mais je l'ai vendu, il y a longtemps. » J'ai dit aux frères : « Pour quoi faire, le fusil, je suis si vieux ! » Dieu me pardonne, mes enfants. Le fusil, je ne voulais pas le donner. Les moudjahidin, c'étaient nos enfants, ils luttaient pour nous, mais le fusil, c'était le fusil, mon âme. Est-ce qu'on donne son âme ? Alors, j'ai creusé un trou dans la maison, à la place même où je fais la prière. J'ai enveloppé le fusil et les cartouches dans des chiffons, de la laine et du cuir, et j'ai tout enterré... Je peux dire, mes enfants, maintenant que la paix est revenue, louange à Dieu ! Dans cette maison, Dieu et ses saints nous ont toujours protégés. Quand la guerre a commencé, mon fils Ali a dit : « Père, quittons cette maison, allons habiter au village, nous trouverons bien une maison à louer ; ici, nous sommes en danger. » J'ai dit : « Mon fils, jamais nous n'avons quitté notre maison, nos jardins, nos champs. Si notre destin est de mourir dans la maison de nos pères, acceptons-le. » Dieu et ses saints nous ont protégés. Les frères venaient la nuit, nous leur donnions à manger ; les soldats de la France venaient le jour, ils me trouvaient devant la porte de la maison. « Alors, le vieux, tu n'as pas vu les chacals ? » Je répondais : « Les chacals ne viennent jamais par là », et ils repartaient. Une seule fois, ils sont entrés dans la maison, ils ont fouillé partout et ils sont repartis... Quand la paix est revenue, j'ai sorti le fusil, je l'ai nettoyé, je l'ai chargé, puis j'ai sellé la jument, la vieille jument qui est là-bas, je l'appelle la blanche. Je ne suis pas monté sur son dos durant sept années. J'ai dit à ma tête : « Saïd, Saïd, est-ce que tu es encore capable de te mettre en selle ? toi qu'on a nommé Saïd l'éclair parce que autrefois tu étais vif comme l'éclair. » Non, je plaisante, je n'avais pas peur de monter sur la blanche, elle était aussi vieille que moi ; mais le fusil ? Oui, j'avais peur du fusil. J'ai dit : « Peut-être qu'il ne tire plus, le fusil. » Sept années sous terre. C'était long...

Les gendarmes étaient les derniers représentants de la France encore présents au village, une dizaine d'hommes au total qui ne sortaient de leur caserne que pour se rendre au marché, sans ceinturon et sans leur assurance de naguère. Avant le référendum, l'un d'entre eux, qui avait du mal à se départir de ses réflexes de représentant de l'ordre français, s'était fait injurier ou presque, en pleine rue, par un Algérien. Il avait tenté d'arracher la première affiche retraçant l'histoire de la résistance algérienne parue sur les murs du village.

— Ne touchez pas à ça.

L'homme, qui avait parlé en détachant les syllabes pour bien montrer qu'il s'agissait d'une mise en garde sérieuse, se tenait à un mètre du gendarme, droit, une chéchia rouge penchée sur le crâne, une longue pipe à la main. Les yeux étaient durs, fixes.

— Ces affiches sont interdites, dit le gendarme d'une voix altérée par la surprise, l'index pointé sur le mur comme pour retrouver la force et la légitimité de l'accusation.

— Vous n'avez aucun ordre à nous donner : l'Algérie est indépendante. Foutez le camp !

L'homme s'était avancé. Il était maintenant devant l'affiche, les poings fermés, la pipe entre les dents dressée comme une défense. Le gendarme avait reculé, le visage décomposé, en bredouillant quelque chose du genre : « On verra bien ! » Puis, il était parti, marchant au milieu de la chaussée, solitaire et titubant, sous les yeux rieurs des badauds amassés sur les deux trottoirs.

Les gendarmes passaient leur temps sur le perron de leur caserne, debout, silencieux, les bras ballants. Leurs femmes apparaissaient de temps en temps dans l'encadrement des fenêtres du premier étage, jetaient des coups d'œil angoissés sur les alentours et s'éclipsaient. Leurs enfants ne couraient plus dans le jardin depuis que de petits Algériens leur avaient lancé des pierres et des injures obscènes. Troublés par les changements survenus dans les habitudes de vie de leurs parents et des villageois, ils restaient assis sur les marches du perron, leurs jouets éparpillés autour d'eux. Par moments, ils se levaient et allaient s'appuyer contre le grillage, curieux, pensifs, secrètement taraudés par le désir d'être de la fête, de l'autre côté.

De l'autre côté de la chaussée, juste en face des gendarmes, comme pour narguer ces représentants attardés de l'ordre déchu, la fête de l'Indépendance battait son plein à longueur de journée. Dans l'enceinte des terrains de tennis et de boules, autour de la petite buvette aux volets repeints en vert, naguère lieu de prélassement des Français du village, les Algériens, libérés de leur angoisse, refoulant dans les abysses du silence la mémoire écorchée, riaient, chantaient, dansaient, arrosaient le ciel de salves triomphales ; vidaient des bouteilles de limonade en rendant grâce à Dieu d'avoir chassé les oppresseurs ; écoutaient, tête haute, des marches patriotiques scandées par les scouts ; reprenaient avec un rien de romantisme dans le maintien les refrains de chansons sentimentales diffusées par des haut-parleurs accrochés dans les arbres ; observaient des minutes de silence en hommage aux martyrs — troublées parfois par des toux intempestives qui soulevaient un concert de « chuts » réprobateurs ; applaudissaient à tout rompre des discours nébuleux dont les conclusions délirantes d'héroïsme et de promesses les transportaient d'enthousiasme.

Le soir, les scouts montaient des comédies où collaborateurs et opportunistes étaient brocardés, malmenés, dénoncés avec une vigueur extrême. Assimilées par tous à un jeu d'adolescents sans conséquence, ces manifestations, inconnues jusque-là au village, attiraient néanmoins une foule innombrable. Les spectateurs assis à même le gravier — les femmes et les filles d'un côté, les hommes et les garçons de l'autre — riaient comme ils n'avaient jamais ri de leur vie. Souvent le spectacle se déroulait dans le public. Des spectateurs inventaient des répliques qu'ils lançaient aux comédiens, interpellés par leur nom ou celui de leur personnage. D'autres, mécontents du déroulement de l'action et des répliques, proféraient des interjections, des rappels à l'ordre, des menaces. Le reste riait.

Les moments les plus cocasses étaient provoqués par l'intervention des parents dont les enfants jouaient sur scène.

— Chaban ! Merci, mon fils ! Merci et encore mille fois merci ! Voilà de quelle manière tu honores ton père. Tu permets qu'on le recouvre d'injures, et en plein public. Vaurien ! avait, un soir, lancé un spectateur à son fils.

Celui-ci, dans son rôle de collaborateur, venait de subir de la part de ses camarades, des révolutionnaires, un traitement humiliant. On l'avait secoué avec rudesse et appelé « ordure » et « fils de chien ».

Un autre soir, les gens s'étaient roulés par terre en se tenant les côtes. Merbouha, une vieille paysanne récemment installée au village, s'était redressée au milieu du public, blême de colère, ses bras décharnés tendus vers la scène où un jeune colosse aux yeux doux se prêtait avec docilité et délectation aux rôles les plus risibles.

— Hachemi ! Pourquoi tu te laisses faire ! Défends-toi, imbécile !

Assis sur un banc, le buste droit, Hachemi souriait avec un plaisir évident. Un jeune garçon, vêtu d'une blouse blanche, attentif à ce qu'il faisait, lui coupait les cheveux avec une tondeuse bruyante. Pas de doute : le coiffeur faisait réellement son travail. Les cheveux tombaient par larges touffes sur les épaules impassibles de son client.

— Pourquoi te laisses-tu tondre comme une chèvre ! Descends de là, enfant du malheur ! Dieu te maudisse !

Imperturbable, Hachemi se laissa raser la moitié du crâne. Lorsque enfin il quitta la scène, sa mère s'écroula par terre, éclata en sanglots au milieu de ses voisines qui ne savaient s'il fallait la plaindre ou la moquer. Les choses n'en restèrent pas là. Peu de temps après, l'enfant du malheur réapparut sur scène, et cette fois-ci, trottant à quatre pattes, affublé de deux énormes oreilles d'âne, un paysan à la mine réjouie à califourchon sur son échine. Merbouha, assoupie dans sa détresse, reçut cette vision comme une claque. Elle se détendit comme un ressort, et la voilà debout face à la scène, gesticulant, vociférant, la voix étranglée par l'indignation et le désespoir.

— Ah ! Maudit ! À présent, tu te changes en bourricot ! Puisse Dieu te changer en singe pour toujours ! Je jure par ces montagnes que je briserai la canne sur ton dos.

— Calme-toi, Merbouha. Ce n'est qu'un jeu, nous sommes au théâtre, risqua un spectateur.

— *Tiatr ou pas tiatr*, je m'en moque. Ce garçon me couvre de ridicule et fait de moi la risée de la terre.

Le coup de grâce, Hachemi le donna à sa mère en se mettant tout à coup à braire et à faire semblant de lâcher des pets assourdissants. Merbouha planta ses ongles dans ses joues, et le public, mort de rire, ne savait plus qui du fils ou de la mère jouait le mieux la comédie.

Les séances de circoncision collectives, inaugurées avec l'Indépendance, se déroulaient également sur le terrain de tennis. Organisées d'abord en l'honneur des fils des militants disparus dans la lutte, elles furent ensuite ouvertes aux familles pauvres du village. Dans leurs robes blanches, une écharpe verte autour du cou, les enfants arrivaient sur le dos de la grandmère, de la sœur aînée ou dans les bras d'un proche, rieurs, méfiants, pleurant en sourdine, hurlant d'épouvante. En tailleur sur une natte, deux musiciens s'efforçaient de faire entendre le son d'une flûte et d'un tambourin au milieu d'un feu nourri de fusils de chasse et d'armes automatiques. Le circonciseur, manches retroussées, flattait les enfants, leur prenait avec douceur le pénis, découvrait le gland, lissait le prépuce, leur disait de regarder le gros avion qui traversait le ciel. Quand ils revenaient de leur surprise, les mains-ciseaux avaient déjà accompli leur travail. Le sang. Et c'étaient alors des hurlements sans fin de douleur et de désespoir contre la duperie, la trahison concertée : ne leur avait-on pas dit qu'on les emmenait à la fête ou qu'on allait les circoncire sans leur faire mal, sans les blesser ? La foule, amassée tout autour, stimulait leur sens naissant de la virilité par des ovations et des plaisanteries osées, tandis que leurs proches laissaient tomber au creux de l'écharpe verte des pièces de monnaie et de petits billets de banque.

Les harkis avaient eu des comportements très variés. Ceux qui avaient été loin dans la collaboration n'avaient pas hésité à suivre l'armée française, laissant souvent derrière eux leurs familles désemparées. Moussa, paralysé depuis des années par une balle F.L.N., avait quitté le village, disait-on, caché dans une malle en osier — l'armée française ne l'avait pas attendu. Les malins ne s'étaient pas donné tant de peine. Ils s'étaient contentés de changer de ville. N'ayant personne sur leur nouveau lieu de résidence pour leur rappeler leur passé, ils s'étaient coulés dans les structures du jeune État, allant même jusqu'à occuper des postes de responsabilité. Ceux qui ne s'estimaient pas trop compromis, pour avoir versé avec régularité l'impôt révolutionnaire, fourni des munitions aux maquisards, fermé les yeux sur des suspects, ou tout simplement parce qu'ils n'avaient jamais fait de mal à personne, étaient restés au village, essayant de passer inaperçus, de se faire oublier, évitant autant que possible de se montrer en public de peur d'être pris à partie par des gens qui ne savaient d'eux que leur engagement aux côtés des Français. Leurs proches, inquiets, faisaient le guet, tandis que les voisins, compatissants ou féroces, s'apitoyaient sur leur sort ou se gaussaient de leur prudence.

— On ne va pas quand même les tuer et laisser leurs enfants orphelins. Ils n'ont pas fait de mal. Les criminels sont partis avec la France.

— Ha ! ha ! Hier, ils paradaient dans leurs uniformes français, et voyez-les aujourd'hui. On dirait des femmes. Enfermés à longueur de journée dans la maison. Il ne leur manque que le foulard et la robe.

D'autres, pour échapper à l'enfer de l'incertitude, s'étaient livrés d'eux-mêmes aux autorités militaires, disant qu'ils n'avaient jamais fait de mal et qu'ils risquaient, en demeurant chez eux, d'être enlevés et tués. Leurs gardiens, reprenant à leur compte, dans la jubilation, les mœurs des bourreaux d'hier, les traitaient avec brutalité et cynisme. Ils courbaient l'échine, acceptaient toutes les corvées, pensant qu'en prison au moins ils étaient à l'abri.

La chasse aux collaborateurs commença à la fin du mois d'août. Les enlèvements furent perpétrés de nuit par de jeunes hommes, militants de la dernière heure qui s'estimaient en droit de rendre la justice, de venger les morts, de purifier la terre. On exécutait au revolver, au couteau, à la hache, dans des grottes secrètes, des ravins perdus. Les parents des victimes, sans recours, sans parole, serraient leur douleur au creux de leur poitrine et écoutaient la rumeur. Et tout finissait par se savoir, les événements se reconstituant à mi-voix dans leur atrocité, avec des noms de personne, des itinéraires, des haltes, des détails qui ne laissaient place à nulle espérance.

Il y eut trois assassinats au village. Tayeb fut enlevé un soir à la sortie du café jouxtant sa maison, où, endimanché depuis qu'il avait quitté l'armée française, il passait la journée et une partie de la nuit à jouer aux dominos. Les gens du quartier, qui le connaissaient depuis toujours, ne lui faisaient aucune réflexion. Une seule fois, un jeune garçon, qui avait travaillé naguère dans un bistrot où les harkis venaient se soûler, avait craché sur lui avant de se sauver en criant : « Harki, tu es marqué ! » Les témoins de la scène firent mine de n'avoir rien vu et rien entendu. Tayeb n'essaya pas de poursuivre le garçon comme aurait fait tout autre adulte insulté par un blanc-bec. Il essuya le crachat collé sur sa cuisse, et son regard devint vague. Sans doute revoyait-il le bistrot aux vitres grillagées pour parer aux grenades terroristes, où, après avoir calmé dans la bière son angoisse du lendemain, il tendait la main pour caresser les fesses dodues du jeune serveur traqué de toute part par des envies de sodomisation.

L'opérateur du cinéma n'avait jamais porté l'uniforme, mais il fut également enlevé. Hassan, comme la plupart des enfants, ne l'aimait pas à cause de sa manie de passer à l'improviste dans la salle, muni d'une lampe de poche, à la recherche des resquilleurs. Les malins, qui avaient reflué, une fois les lumières éteintes, vers les fauteuils les plus confortables et les plus chers, recevaient des claques retentissantes et se voyaient sans ménagement déportés au premier rang, à quelques centimètres de l'écran. Les adultes, eux aussi, ne l'aimaient pas depuis le jour où il s'était précipité à la gendarmerie, réellement paniqué ou seulement mû par le désir de vengeance, pour déclarer qu'il venait d'échapper à une embuscade tendue par deux jeunes fellagas sur la route de Sétif. Les deux jeunes fellagas, deux adolescents farceurs armés de bâtons, furent enterrés le lendemain, un trou dans la poitrine.

En revanche, certains s'apitoyèrent sur la mort de Chouchi. Avant de devenir harki, il avait souvent travaillé pour le père de Hassan, irriguant, désherbant, piochant le jardin. Vers onze heures, Hassan lui portait à manger, du pain de boulangerie avec des dattes et parfois un paquet de cigarettes à retenir sur sa journée. Ses poignets vigoureux étaient pris dans une large courroie de cuir cloutée de cuivre.

— Tu vois la force que j'ai.

Il serrait ses bras. Ses muscles glonflaient, dessinaient de petites montagnes.

— Touche comme c'est dur. Je peux casser un mur.

Puis, un jour, Hassan le croisa dans la tenue des soldats avec un calot bleu et des chaussures qui résonnaient sur la chaussée. Il était grand, beau, fort. Il offrit à Hassan quatre douros. Et l'enfant, qui avait toujours eu peur des soldats, surtout de ceux accompagnés de chiens, eut le sentiment que rien désormais ne pouvait lui arriver : Chouchi, son ami, était là pour le protéger. Il protégerait aussi sa famille et tous les voisins. Et de fait, quand le père de Hassan fut arrêté, Chouchi intervint auprès du capitaine et obtint sa mise en liberté au bout d'une semaine.

Une nuit, un remue-ménage se produisit dans la cour des voisins que la famille de Chouchi partageait avec d'autres familles. Chouchi avait entrebâillé la porte. Il s'apprêtait à rejoindre sa caserne comme à son habitude quand il aperçut deux silhouettes derrière les arbres. Il avait reculé et poussé le verrou.

— Ils sont là ! Ils sont venus me tuer ! Je vais les arranger !

Il hurlait. Sa voix tremblait. Sa femme, sa mère, les voisins se précipitèrent dans la cour, l'entourèrent.

— Je vais les arranger, je vous dis !

Il tira de sa poche une grenade. On s'agrippa à son bras, suppliant. Une femme l'embrassa en pleurant.

— Si tu lances la grenade, nous serons tous morts.

Une semaine plus tard, Chouchi emménageait dans une maison à proximité de la caserne où habitaient déjà de nombreux harkis. Peu de temps après, il quittait tout à fait le village. Il ne devait y revenir qu'après le cessez-le-feu pour ouvrir une boutique de fruits et de légumes juste en face de son ancienne caserne, à présent occupée par les soldats de l'Algérie indépendante : nostalgie, provocation inconsciente, désir de suicide, hasard ?

Quoi qu'il en soit, Chouchi était là, et les soldats, qui allaient et venaient, le voyaient et savaient qui il était. Ils ne lui disaient rien, ne lui achetaient rien. Il ne regardait pas en face ses clients de crainte qu'on ne décelât dans ses yeux quelque souvenir qui n'était pas à son avantage, qui risquait d'amener l'injure et l'humiliation. Il rentrait la tête dans les épaules, contractait son grand corps à n'en pouvoir plus. Puis, tout à coup, comme fouetté par un éclair de fierté et de fureur, il redressait le buste, ajustait sa tête dans un mouvement de défi, respirait fortement par les narines, le regard frémissant d'une énergie dure. Et dans des moments d'extrême tension, il semblait prêt à toutes les épreuves. « Venez, si vous voulez, et tuez-moi ! Oui, j'ai été harki, et tout le monde le sait. » Il avançait jusqu'au bord du trottoir, roulait dans sa bouche un gros crachat qu'il expectorait avec violence dans le caniveau : défi à la mort ou tentative de vider le corps de l'angoisse qui le saturait ? Vaine attente, vaine espérance. L'instant suivant, la peur était de retour, lovée dans les entrailles, repliant le corps, le verrouillant.

Sa femme priait en silence, demandait à Dieu de ne pas laisser ses enfants orphelins, des anges, pas plus gros qu'un grain de blé concassé. Elle insistait pour qu'il emmenât les enfants sur le lieu de son travail. Elle pensait, sans oser le lui dire de peur de le vexer, que les enfants à ses côtés lui garantiraient une espèce d'immunité morale. Qui oserait s'attaquer en public à un père de famille entouré de ses enfants, innocents devant Dieu et les hommes ?

L'inconnu le héla par son prénom. Il y avait dans l'appel comme un ordre, mais la voix avait des inflexions rassurantes, presque familières. Il se leva aussitôt, enfila ses espadrilles, sortit sans regarder derrière lui. La femme et les enfants, qui s'étaient arrêtés de manger, le suivaient des yeux surpris, interrogateurs : jamais personne, à ce jour, n'avait appelé à pareille heure. Lui, avançait au milieu de la cour, sans hâte, sans appréhension. Ses espadrilles clapotaient sur le ciment. La main souleva la barre métallique. La porte grinça et, à l'instant même, quatre bras se saisirent de lui, et sans qu'il eût le temps d'ébaucher un cri, un mouvement de fuite, il était déjà sur le chemin qui longeait la maison par-derrière, tiré, poussé, porté, entraîné dans une course éperdue en direction de la montagne.

Les habitants du douar attendaient sur l'aire de battage bordée de meules blanches. Comme pour la fête, des hommes, des femmes, des enfants. Le cercle se referma sur Chouchi. Les cigarettes brasillaient. Les canons des fusils étincelaient sous la lune. Il était debout, légèrement voûté, livide dans sa gandoura blanche. Ses mains tremblaient. Ses pieds nus saignaient doucement. Un homme lui entoura la taille d'une longue corde qu'il enroula plusieurs fois avant de la nouer par-devant à la manière des ceintures de laine portées par les femmes. Un autre lui tendit un foulard rouge.

— Danse !

Et Chouchi s'exécuta, raide, gauche

— Agite le foulard !

— Remue tes fesses !

On s'esclaffait. On tapait dans les mains. Les enfants et les femmes scandaient en chœur : « Harki, tu es marqué ! »

— Dieu t'envoie la peste ! C'est ça que tu appelles danser ?

Chouchi, au-delà de tout sentiment de honte, dansait du mieux qu'il pouvait, se reprenait, se contorsionnait, suant à grosses gouttes. Sans doute espérait-il, après cette avanie suprême, après avoir fait rire, s'en aller, vivant. Puis la clameur tomba et Chouchi demeura immobile au milieu de l'aire de battage, avec ses yeux hagards, sa bouche ouverte, le foulard rouge pendant à sa main, sa taille ceinte d'une corde, son ombre ramassée à ses pieds.

Une voix forte, autoritaire, rompit le silence.

— Tu te souviens de ce que tu as fait ?

Les lèvres de Chouchi remuèrent, mais aucun son ne s'en échappa.

— Parle, toi, Amar.

— Moi, je me souviens de tout. L'hiver. Ils étaient sur la route du puits, là-bas. Celui-là tenait la mitrailleuse, la grosse. Je le connaissais déjà. Il s'est mis à blasphémer, à nous insulter. « Je vais vous descendre tous, tous, jusqu'au dernier ! Hé ! Vous croyez que nous ne savons pas que chaque nuit vous recevez les fellagas ! C'est votre dernier jour. Récitez la prière... »

Les lèvres de Chouchi remuaient sans cesse. Un son de détresse, une supplication étranglée finit par sortir.

— Et toi, Aldja ! Parle !

— C'est lui. Je le reconnais. Il a éventré les sacs de semoule. « Aie pitié ! » j'ai dit. « Ne jette pas la semoule de Dieu. Nous sommes pauvres. Tu es un musulman comme nous. Aie pitié de nous ! » Et qu'est-ce qu'il a fait, l'impie, pendant que je pleurais ? Il a vidé la boîte de piment rouge sur la semoule, puis le sel, puis le bidon de pétrole. Il s'est mis à rire. « Regarde, tu as de quoi faire une bonne galette à tes enfants... »

— Pourquoi, ma sœur, pourquoi ? Je n'ai jamais fait ça. Je ne suis jamais rentré dans ta maison.

— Et le vieux Hadj, ce n'est pas toi, non plus, qui l'as jeté dans le fossé, le jour de la grande rafle ? Il ne marchait pas assez vite.

— Pourquoi, mes frères, pourquoi ? Je n'ai jamais poussé un homme dans un fossé.

— Alors, d'après toi, Oncle Hadj est un menteur.

— Oncle Hadj ! Raconte-nous ce qu'il t'a fait.

— Laissez-le s'en aller. S'il a fait du mal, Dieu le punira.

— Oncle Hadj ! C'est quand même bien lui qui t'a poussé dans le fossé, le jour de la grande rafle ! As-tu oublié ?

— Le cœur n'oublie rien. Lui ou un autre, qu'importe. Relâchez-le. Laissez-le repartir. Enfants, enfants, donnez le repos à la terre. Elle a bu tant de sang. Elle a bu tant de larmes !

— Pourquoi, mes frères, pourquoi ? Je n'ai rien fait.

— Traître !

— Dégoûtant !

— Chien ! C'est toi qui as achevé Lamri. Il l'avait attaché sur le mulet, sans pitié. Lamri a dit : « Chouchi, mon frère, tu me connais depuis longtemps, doucement, ne serre pas la corde, j'ai mal à la poitrine. — Crève, chien ! Nous en avons assez de fermer les yeux sur vos agissements. Tu as choisi les fellagas, tant pis pour toi. » Et il a serré la corde encore plus fort. Le pauvre Lamri ! Paix sur l'âme de nos martyrs. Il est mort en arrivant à l'ambulance.

— Je n'ai pas fait ça. Pourquoi, mes frères ? J'ai payé aux maquisards, j'ai fait libérer des prisonniers, j'ai quatre enfants. Personne ne m'a demandé d'aller au maquis. Si on me l'avait demandé, je l'aurais fait. J'ai des enfants, ils sont quatre...

Chouchi hurlait. Il sanglotait, bavait, tournoyait sur place, les bras tendus, suppliant. Il implorait tout le monde, les hommes, les femmes, les enfants. Il jurait qu'il était innocent, par le drapeau frappé d'une étoile rouge, par la moisson de cet été, par le ciel très haut. À l'aube, trois hommes le tirèrent par la corde, les mains liées dans le dos, la bouche bâillonnée par le foulard rouge. Au fond d'un ravin, sous un câprier, attendaient une pelle, une pioche, une hache.

La matinée du dimanche était réservée aux mariages. Les cortèges n'étaient plus formés, comme autrefois, de mules caparaçonnées de cuir et de ferrures, et de petits chevaux nerveux montés par des hommes graves dans leur draperie blanche. Ils n'étaient pas, non plus, silencieux et furtifs, comme pendant la guerre. Depuis l'Indépendance, on ne se mariait plus qu'en voiture : quatre ou cinq pour les gens peu fortunés ; vingt et davantage pour ceux qui ont de l'argent et qui aiment le faire savoir. Alors que les petits cortèges se contentaient de traverser le village en signalant leur passage par quelques coups de klaxon, les cortèges importants, fleuris, chamarrés de rubans et de drapeaux, hérissés de fusils rageurs, parcouraient le village en tous sens, le klaxon bloqué sur les cinq notes de l'Indépendance. D'après la longueur de la file et l'intensité du tapage, on pouvait deviner comment se présentait la mariée : à la manière traditionnelle, c'est-à-dire invisible sous un voile opaque et entourée de femmes, ou — et c'était là une nouveauté dans les mœurs — voilée, coiffée, gantée à la française, son mari à ses côtés. Cette dernière façon de faire plissait bien des fronts, suscitait des réflexions d'indignation et de découragement.

— Est-ce cela l'Indépendance ? Voilà maintenant qu'on marie nos filles déshabillées. Il n'y a plus de pudeur. Les Français sont partis, mais leur impudeur est devenue notre héritage.

Chaque dimanche arrivait donc avec ses mariages tourbillonnants, mais aussi avec sa moisson de légendes, d'histoires cocasses, et parfois de drames. On n'était plus assuré, au soir de ses noces, de trouver vierge celle dont on venait de fêter l'« acquisition ». L'Indépendance avait apporté bien des changements, des audaces, des licences. Les rumeurs allaient bon train. L'un, au cours de la nuit de noces, était entré en transe. Sa femme, ameutant Dieu et ses saints, jurait qu'elle était intacte avant qu'il ne l'approchât, et sa belle-mère, accourue, outrée par la monstruosité de l'accusation, clamait à qui voulait l'entendre que sa fille, pure comme une houri, de sa vie ne s'était trouvée tête à tête avec un homme : alors ! L'autre, perdant le sens du respect filial, avait empoigné sa vieille mère — elle avait tant vanté les vertus de sa future bru — et l'avait secouée si violemment qu'elle était tombée par terre, décoiffée. Elle s'était mise à pleurer, puis, levant ses mains jointes au ciel, elle avait maudit le fils irrévérencieux pour le restant de ses jours, avant de s'enfermer dans un mutisme de pierre. Celui-ci avait publiquement traité d'ordure sa belle-famille, et celui-là, sourd à tout appel à la sagesse, avait reconduit sa femme dans la maison de ses beaux-parents, le lendemain matin.

Les familles ne regardaient pas à la dépense pour célébrer un mariage ou une circoncision. Les pauvres empruntaient pour faire bonne figure, et les riches profitaient de l'occasion pour étaler leur richesse. De grands repas étaient organisés. L'accueil dans les maisons argentées ne se passait plus comme autrefois. On séparait les fortunes et les situations. Les hôtes de marque avaient droit à une chaise, une table, un couvert particulier et à un menu comprenant, en plus du traditionnel couscous, un potage au vermicelle, une ratatouille de poivrons et de tomates, de la limonade, des gâteaux et plusieurs sortes de fruits. Quant aux autres, les plus nombreux, invités par politesse ou par besoin de flatter la vanité du maître de maison, ils continuaient à manger dans le même plat de couscous et à boire à la même cruche, assis en tailleur sur une natte.

Les femmes se retrouvaient, entre elles, heureuses, après tant d'années de silence, de pouvoir chanter et danser dans l'espace de liberté autorisé par les hommes. À l'extérieur de la maison, sur la voie publique, les hommes et les gamins faisaient cercle autour des musiciens. Les riches faisaient venir de Sétif des danseuses, vêtues de robes transparentes, alourdies de bijoux et de parfums. Elles se dandinaient en agitant un foulard qu'elles lançaient de temps en temps sur une épaule virile en signe de séduction. Des doigts éloquents leur glissaient des billets de banque entre les seins. Elles riaient, remerciaient d'un regard énamouré, d'une ondulation de reins particulière. Des œillades, des soupirs, des syllabes de désir étaient échangés. Après leur départ, les jeunes se cotisaient pour louer un taxi et partaient à leur recherche dans la grande ville. Incapables de retenir leur désir, ils se rendaient tout droit au bordel — les mineurs resquillaient ou achetaient la complaisance du portier —, et là, dans la pénombre d'une cellule aux murs chaulés, sur une natte couverte d'un drap frais, ils éprouvaient la brûlure d'une éjaculation précoce. Après quoi, la tête envahie de nouvelles images de volupté, ils allaient dans un bar consommer jusqu'au bout l'interdit. À minuit, titubant, les poches vides, les sens légèrement assoupis, ils regagnaient la maison familiale en faisant le moins de bruit possible pour ne pas réveiller le père.

Au mois de septembre, de gros camions, affrétés par la commune, ramenèrent au village des tonnes de blé et de margarine, une aide qu'on disait américaine. Les gens, munis de sacs et de couffins, accoururent de partout et se rangèrent le long du hangar où devait avoir lieu la distribution. Ils recouvrirent de louanges et de bénédictions les nouveaux dirigeants du pays, leurs frères en Islam, sensibles à leur misère. Ils attendirent patiemment, mais leur déception fut grande : une bonne partie de la manne ayant disparu comme par enchantement, la part revenant à chaque famille fut bien mince, quelques kilos de grains et une boîte de graisse végétale. Le dépit des bénéficiaires fut encore plus grand lorsque, arrivés chez eux, ils s'aperçurent que le blé américain était noir et dur, et que les grosses boîtes en fer-blanc ne renfermaient pas de vrai beurre. Le blé fut donné aux poules, et les boîtes de margarine, vidées de leur contenu, furent transformées en seaux.

Les jeunes et les chômeurs vivaient dans un rêve enfiévré. Les informations des journaux et de la radio, relayées et magnifiées par le bouche à oreille et les proclamations des responsables locaux, promettaient à tous un avenir radieux de travail et de réalisation personnelle. L'État du Peuple mettait avec générosité, à la disposition de ses fils, les métiers et les professions les plus enviables : maître d'école, journaliste, pilote, technicien, agent administratif, policier, directeur de ferme et d'usine. Ceux qui n'avaient jamais été à l'école pouvaient devenir mécaniciens, conducteurs de machines agricoles, agents de santé, soldats ou gendarmes s'ils avaient la taille et le poids requis. Pour ceux qui n'étaient plus en âge de suivre une formation, on ouvrait des usines modernes et des chantiers de construction gigantesques. Ces promesses attirèrent de nombreux villageois travaillant en France et incitèrent bien des paysans à quitter leur maison, à délaisser leurs champs. La perspective d'une existence citadine et d'un salaire fixe l'emportait sur toute autre considération de bon sens.

Mabrouk, le cousin de Hassan, désirait entrer dans la police. Depuis le jour où il avait déposé sa candidature, répondant avantageusement aux critères de poids et de taille, il n'avait plus voulu accompagner son père à la forêt. Aller chercher du bois sur le dos d'une ânesse lui semblait indigne de son futur statut de représentant de la loi. Le matin, usant de flatteries et de promesses, il soutirait à sa mère quelques pièces de monnaie et allait se promener dans le village, un vieux transistor sur l'épaule. L'après-midi, il prenait place à une table, au fond d'un café, et jouait aux dominos avec d'autres jeunes, futurs aviateurs ou futurs policiers comme lui.

Lahcen, le frère de Hassan, libéré de la Force Locale, voulait s'engager dans la gendarmerie. Ancien militaire, il pensait que sa candidature ne poserait aucun problème. Il se trompait. Il lui manquait deux centimètres pour avoir la taille exigée : l'Algérie ne voulait pas d'un corps de gendarmerie constitué de nabots. Lahcen avait craché derrière lui en quittant le bureau de recrutement. Il ne chercha pas un autre travail. Une semaine plus tard, il s'embarquait de nouveau pour la France. Un ami du père avait avancé l'argent du voyage.

La manifestation partit du stade, conduite par deux jeunes employés de la Société Agricole de Prévoyance et un groupe de scouts brandissant pancartes et drapeaux. Dans la nuit, ils avaient barré les façades de gros caractères rouges appelant à la mobilisation massive contre les rescapés du régime colonial, toujours en place à la tête de certaines administrations, par exemple à la S.A.P. On désignait les collaborateurs par leurs noms et on demandait au peuple de les chasser. « Aboudi au poteau ! À bas Aboudi ! » On criait en français.

Hassan ne retrouva pas, dans cette fronde collective des temps de paix, l'enthousiasme et la jubilation des manifestations d'autrefois, au lycée, quand les élèves refusaient de rejoindre les classes et de manger pour marquer leur solidarité avec un camarade exclu, ou dans la rue, quand hommes et femmes, côte à côte, scandaient leur révolte et leur espoir. Les enfants, en grand nombre, ravis de faire du tapage au milieu du village, en toute impunité, envoyaient des coups de pied dans les poubelles des commerçants, écrasaient les cartons et les boîtes de conserve vides répandus dans les caniveaux, passaient d'un trottoir à l'autre en se faufilant entre les jambes des marcheurs, faisaient gicler l'eau des fontaines publiques, inventaient des slogans obscènes, répondaient par des grimaces aux regards réprobateurs de leurs aînés. Les réactions des adultes, boutiquiers, badauds, représentants de la loi, étaient partagées. Les uns ne dissimulaient pas leur satisfaction, heureux qu'on s'attaquât enfin publiquement — et même si ce n'était que par des mots lancés par des jeunes — à ceux qui avaient bâti leur puissance sur la collusion avec l'administration coloniale et que rien en apparence ne venait déranger. Les autres montraient une vague inquiétude. Comment permet-on à des gosses de huer, de traîner dans la boue une famille aussi respectable que celle des Aboudi, qui a donné à la région des caïds et des bachaghas pendant plus d'un siècle et qui possède tant de terres à blé, de maisons, de voitures, et combien d'amis parmi les nouvelles autorités.

Près de l'abreuvoir, les manifestants tombèrent nez à nez avec l'un des fils Aboudi dans sa voiture. Ils l'encerclèrent, envoyèrent des coups de pied et de poing dans la carrosserie, couvrirent de crachats les vitres et le pare-brise. Le moteur gronda et l'auto fendit sans embarras la cohue menaçante. La contestation s'apaisa autour de l'abreuvoir aussi vite qu'elle était née sur le stade. Elle n'avait pas duré une heure, mais ne fut pas sans résultat : dans la semaine qui suivit, les Aboudi quittèrent le village pour aller s'installer ailleurs, dans d'autres villes où ils ne manquaient ni de biens ni de relations pour continuer à vivre en privilégiés.

— Mma, les charlatans, ça suffit ! Je ne veux plus entendre parler de ces voleurs. À force de me bourrer les yeux de saletés, je finirai aveugle.

— Mon fils, Dieu te bénisse, laisse-moi contenter mon cœur. Tant que mes genoux tiennent, je marcherai, j'irai partout. On dit que les gens viennent le voir de si loin, et qu'il guérit les fous, les malades qui n'ont jamais marché, les femmes qui n'ont jamais porté. Dieu te bénisse, n'entrave pas mon chemin ! Laisse-moi courir jusqu'à la mort. Quand je vois les garçons de ton âge, les yeux ouverts comme des fenêtres, et que je pense à toi, mon âme fond de moitié. Toutes les femmes sont heureuses sauf moi...

Fatim-Zohra commença à pleurer comme chaque fois qu'elle évoquait la maladie de son fils, et Hassan, que ces larmes lacéraient, n'ajouta pas un mot. Fatim-Zohra trouva sans peine plusieurs voisines désireuses comme elle d'aller consulter le nouveau guérisseur aux miracles innombrables qu'elles ne connaissaient pas encore. Elles louèrent un taxi et partirent de bonne heure avec des paniers et des foulards chargés de présents.

Le guérisseur qui cumulait les fonctions de sage et de devin ne ressemblait en rien à ses confrères déjà établis. Il était jeune, le teint rose, portait un béret, une chemise à manches courtes, une montre au poignet, un pantalon droit et des mocassins noirs. Un coffre en bois massif, placé devant une couverture de laine tendue sur une corde à la manière d'un rideau, lui servait de siège pendant ses consultations. On le disait époux d'une djinnia, rencontrée en France, alors qu'il travaillait dans un hôpital, faisant le ménage, portant à manger aux malades, conduisant le chariot des opérés. Elle lui était apparue dans la tenue blanche des médecins, le soir du Mouloud, au bout d'un couloir désert. Elle l'avait pris par le bras.

— Ne crains rien, frère, je suis une djinnia musulmane. Il n'y a de Dieu qu'Allah et Mohammed est son prophète. Je m'appelle Fatima. Je t'épouse et nous rentrons au pays. L'Algérie sera bientôt indépendante. Allons soigner les croyants.

Après avoir écouté les plaintes et les prières

des consultantes, il se retirait derrière la couverture de laine pour conférer avec Fatima, visible seulement pour lui, de la thérapeutique à proposer aux malades. On entendait des voix tantôt graves, tantôt aiguës, des rires étouffés, des soupirs, un froufrou de robe.

Inspiré par Fatima, dont le sens des affaires semblait bien aiguisé, le jeune cheikh transforma une partie de sa maison en polyclinique ultramoderne. Un véritable service de soins, naturellement invisible, fut mis sur pied. Il y avait des bureaux pour délivrer des rendez-vous, des radios pour photographier le corps du dedans, des injections et des opérations pratiquées sans douleur par Fatima omniprésente et combien compétente. Les malades, des personnes âgées à moitié grabataires, laissés en pension par leurs familles en échange d'un don en nature ou en espèce renouvelable, couchaient côte à côte sur une natte d'alfa, se nourrissaient de galette et de couscous au lait, recevaient chaque matin une bénédiction de la bouche du jeune sage.

Quand arriva le tour de Fatim-Zohra, le cheikh, après avoir consulté Fatima derrière le rideau, déclara :

— Samedi prochain, nous viendrons examiner Monsieur Hassan, fils de Fatim-Zohra et de Youssef, âgé de quinze ans, frappé aux yeux par des djinns infidèles.

Au jour prévu, le guérisseur ne se montra pas. Il se présenta une semaine plus tard en fin d'après-midi.

— Excusez-moi. Si nous ne sommes pas venus samedi dernier, c'est à cause du dossier de Monsieur Hassan qui n'était pas encore arrivé au bureau. Sans dossier, nous ne pouvons rien faire.

Youssef partit dans une toux nerveuse, et Hassan, qui imaginait son dossier convoyé par des anges ou des démons dans les couloirs du ciel, faillit attraper le fou rire. Fatim-Zohra baisa avec dévotion les mains replètes de l'hôte béni de Dieu. Le cheikh réclama un bol d'huile, une cuiller, et s'isola dans une pièce avec son patient.

— Mets-toi debout et déboutonne ta chemise. Fatima va te passer une radio.

Hassan, mi-perplexe, mi-amusé, se demanda pourquoi une radio du thorax, puis se dit : « Après tout, pourquoi pas ? » À l'hôpital, il avait passé un tas de radios. C'est vraiment ainsi qu'on procède pour déterminer l'origine du mal. Fatima sait ce qu'elle a à faire. Il découvrit sa poitrine et demeura planté au milieu de la pièce, embarrassé par ses mains qu'il ne se décidait pas à introduire dans ses poches. Il faudrait peut-être tendre les bras devant soi, un peu ouverts, comme à l'hôpital quand on étreint l'appareil d'exploration.

La poitrine nue, les coudes finalement repliés dans une position intermédiaire rappelant le coureur de fond, Hassan patienta cinq minutes, dix minutes, un quart d'heure, une demi-heure, puis commença à trouver que Fatima travaillait décidément trop lentement. Sans doute aimait-elle le travail bien soigné. Il changea plusieurs fois de jambe d'appui, soupira de façon audible, se racla la gorge sans discrétion. Rien n'y fit : le guérisseur, retiré dans un coin, courbé sur le bol d'huile qu'il touillait avec application, semblait avoir oublié sa présence. Hassan toussa encore plus fort, émit un grognement, se traita d'imbécile et alla s'asseoir au bord du lit tout en remettant de l'ordre dans ses vêtements. Le guérisseur remua encore longtemps la cuiller dans le bol d'huile avant d'appeler Fatim-Zohra.

— Les résultats sont là. Fatima vient de me ramener les radios. Regarde bien.

Il montra le bol rempli d'huile. Fatim-Zohra se pencha, attentive.

— Dis-moi ce que tu vois.

— Je ne sais pas, Maître, répondit Fatim-Zohra avec timidité.

— Regarde bien, ici, devant toi. Tu vois bien un croissant.

Il garda le silence un moment.

— C'est bien un croissant. Comment est-il fait ?

Fatim-Zohra, embarrassée, coupable de ne rien voir, inclina la tête jusqu'à terre.

— Dis-moi comment il est fait ? Ce croissant est ouvert.

— Peut-être, Maître.

— Comment peut-être ! Ce croissant est ouvert. Il n'y a pas de doute.

— Je ne le distingue pas bien, Maître.

— Moi, oui. Je le vois. Il est bien là, sur l'huile, bien dessiné, ouvert, mais pas trop. Le jour où ses deux cornes se toucheront, ton fils retrouvera la vue. Et ce jour, sache qu'il n'est pas loin.

Le jeune cheikh fit asseoir Fatim-Zohra en face de lui et détailla le traitement à suivre pour hâter la guérison de Hassan. Il y avait d'abord dix-neuf injections intramusculaires dont se chargerait Fatima. Elle opérerait de nuit pendant le sommeil de Monsieur Hassan, sans douleur. Il y avait ensuite l'huile contenue dans le bol avec laquelle on devrait masser la poitrine du malade dix-neuf soirs d'affilée. Et puis, il y avait des prescriptions à observer : manger sans sel pendant dix-neuf jours, ne pas sortir de la maison pendant dix-neuf jours, ne pas laver son corps pendant dix-neuf jours.

Le guérisseur demanda vingt-cinq mille — de quoi nourrir décemment une famille entière pendant un mois. Youssef, qui faisait effort sur lui-même pour ne pas sauter à la gorge du charlatan, ne discuta pas : il lui remit cinq mille et le congédia sans cérémonie. Sa colère, il la retourna contre sa femme.

— C'est péché de croire ce que racontent ces voleurs. Comment ces mécréants pourraient-ils entrer dans les desseins de Dieu !

— Tais-toi, homme ! Nous faisons cela pour notre fils. Ne va pas détruire par tes criailleries l'effet du traitement. Dieu a dit : « Essaie, ô ma créature ! Et je t'assisterai pour parvenir à ton but. »

Fatim-Zohra croyait tellement en la parole du jeune cheikh que, cette nuit-là — la première nuit où l'invisible Fatima devait opérer —, étendue près de son fils pour veiller sur son sommeil, elle se réveilla en boitillant. Elle geignait et frottait sans arrêt sa fesse. Elle demanda à son fils si dans son sommeil il avait senti quelque chose, une piqûre à la fesse, par exemple.

— Non, je n'ai rien senti, répondit Hassan en éclatant de rire.

— Moi, mon fils, j'ai senti quelque chose.

J'ai mal à la fesse, comme si quelqu'un m'avait piquée cette nuit. Hier, je n'avais rien du tout.

— C'est clair, mma. Fatima s'est trompée de malade. Elle t'a piquée à ma place.

Fatim-Zohra eut mal à la fesse toute la journée, persuadée d'avoir été piquée par la djinnia, qui ne devait pas avoir la main très douce.

Si le père refusait d'entendre parler des esprits et des remèdes relevant de la magie, il croyait aux médecines traditionnelles dites arabes, à base de minerais, de racines, d'extraits végétaux, de graisses animales, etc., achetées au souk ou apprêtées à la maison à partir d'une recette transmise par une personne de confiance. Un jour, l'un de ses clients, assurément bien intentionné, lui conseilla de prendre un pigeon, de l'égorger, de le vider et de le maintenir, à l'aide d'une bandelette, ouvert, sur les yeux du malade trois jours et trois nuits : un remède expérimenté par des centaines de personnes depuis les temps les plus reculés et dont l'efficacité ne faisait pas de doute. Hassan supporta le masque nauséabond de chair gluante un jour et une nuit.

Un autre jour, conseillé par une âme non moins charitable, Youssef amena à la maison un vieux paysan passé maître dans l'art de la saignée. Après les préparatifs d'usage — nuque dégagée à coups de ciseaux et de rasoir —,

Hassan se mit à quatre pattes, la tête au-dessus d'une cuvette vide. Il était à peine rassuré : les mains du vieux tremblaient légèrement. Ventouses, formules propitiatoires, incisions avec une lame Gillette. Le sang gicla, épais, abondant, chaud sur le cou, effleura les commissures des lèvres, dégoulina le long du menton. Hassan eut un soubresaut. La nausée le prit à la gorge. Il pensa au mouton de l'Aïd mal égorgé qui parvenait à se redresser sur ses pattes, égaré, secoué de spasmes. Fatim-Zohra, que la vue du sang troublait, se précipita dans la cour. Youssef regardait en silence. Le paysan considérait son intervention avec contentement.

— Voyez-moi tout ce sang noir comme la suie ! Les humeurs du mal s'écoulent ! Tu vas avoir un corps propre et les yeux lavés et limpides comme la source du Guergour, mon enfant !

Le peu de vision qui lui restait résista jusqu'à ce jour d'octobre où son père rapporta du souk un bâtonnet de sulfate de cuivre. Hassan se cabra, puis, cédant aux prières de sa mère qui lui demandait d'essayer rien qu'une fois pour voir, il passa le bâtonnet entre ses paupières longuement, méticuleusement, comme s'il voulait provoquer l'irréparable, sortir de la nébuleuse où il se trouvait depuis neuf mois, entrer franchement dans l'opaque puisque guérir s'avérait impossible. L'effet fut foudroyant : les yeux de Hassan se mirent à couler comme des sources, et, peu à peu, la nuit se posa sur les paupières, vaste, traversée par un serpent de turquoises qui semblait relier le ciel à la terre, qui dansait. Au fil des jours, le noir absorba le serpent bleu et vert, libéra une myriade de points de lumière insaisissables.

Remiremont, Paris.

DU MÊME AUTEUR

Aux Éditions Gallimard

REGARD BLESSÉ, roman, 1987. Prix France Culture (Folio n° 3605).

L'ASILE DE PIERRE, roman, 1989. Prix de l'A.D.E.L.F. 1990.

FEMMES SANS VISAGE, roman 1992. Prix Kateb Yacine 1992, Fondation Nouredine Aba.

MÉMOIRE EN ARCHIPEL, récit, 1994.

CHRONIQUE DU TEMPS DE L'INNOCENCE, roman, 1996.

CORPS SEUL, poésie, 1998.

Chez d'autres éditeurs

LE SOLEIL SOUS LE TAMIS, récit d'enfance, Publisud, 1982.

LA ROSE ROUGE, contes algériens, Publisud, 1982.

LES GRAINES DE LA DOULEUR, contes algériens, Publisud, 1982.

SEPT POÈMES, Éditions d'Art B.G. Lafabrie, 1983.

LE GALET ET L'HIRONDELLE, poésie, L'Harmattan, 1985.

L'OISEAU DU GRENADIER, contes algériens, Castor Poche Flammarion, 1986.

PROVERBES ET DICTONS ALGÉRIENS, recueil bilingue, L'Harmattan, 1986.

JEAN SENAC ENTRE DÉSIR ET DOULEUR, essai, O.P.U., Alger, 1989.

L'OLIVIER BOIT SON OMBRE, poésie, Édisud, 1989.

ÉCHO, poésie, Éditions d'Art B.G. Lafabrie, 1991.

L'ÂNE DE DJEHA, conte maghrébin bilingue, L'Harmattan, 1991.

LES HERBES DE L'ÂME, poésie, Éditions sonores Artalect, 1992.

PIERRES D'ÉQUILIBRE, poésie, Le dé bleu-Le Noroît, 1993. Prix Claude Sernet 1994.

POUR HALLAJ, poésie, Éditions d'Art B.G. Lafabrie, 1993.

DORMANTS DE L'OUBLI, poésie, Éditions d'Art B.G. Lafabrie, 1994.

SOIF, poésie, Éditions d'Art B.G. Lafabrie, 1995.

JOSEPH OU LA BLESSURE ET LE PARDON, dramatique, France Culture, 1996-1997.

BATTEMENTS DE L'ESPACE, Éditions d'Art B.G. Lafabrie, 2000.

Télérama hors série de Marguerite Duras

Composition Nord Compo.
Impression Société Nouvelle Firmin-Didot
à Mesnil-sur-l'Estrée, le 3 janvier 2002.
Dépôt légal : janvier 2002.
Numéro d'imprimeur : 57926.
ISBN 2-07-042138-4/Imprimé en France.